Deseo

WITHDRAWN

La prometida de su hermano

SANDRA HYATT

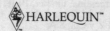

HARLEQUIN™

Editado por HARLEQUIN IBÉRICA, S.A.
Núñez de Balboa, 56
28001 Madrid

© 2010 Sandra Hyatt. Todos los derechos reservados.
LA PROMETIDA DE SU HERMANO, N.º 1735 - 4.8.10
Título original: His Bride for the Taking
Publicada originalmente por Silhouette® Books.

I.S.B.N.: 978-84-671-8640-6
Depósito legal: B-25960-2010
Editor responsable: Luis Pugni
Preimpresión y fotomecánica: M.T. Color & Diseño, S.L.
C/ Colquide, 6 portal 2 - 3º H. 28230 Las Rozas (Madrid)
Impresión y encuadernación: LITOGRAFÍA ROSÉS, S.A.
C/ Energía, 11. 08850 Gavá (Barcelona)
Fecha impresion para Argentina: 31.1.11
Distribuidor exclusivo para España: LOGISTA
Distribuidor para México: CODIPLYRSA
Distribuidores para Argentina: interior, BERTRAN, S.A.C. Vélez
Sársfield, 1950. Cap. Fed./ Buenos Aires y Gran Buenos Aires,
VACCARO SÁNCHEZ y Cía, S.A.
Distribuidor para Chile: DISTRIBUIDORA ALFA, S.A.

Capítulo Uno

Lexie Wyndham miró su reloj, salió corriendo de las caballerizas y entró en la casa de la familia, en Massachussets, por la puerta posterior. Había estado cabalgando más de lo que había pensado, pero aún le quedaba tiempo suficiente para prepararse.

Se sentó en el asiento al lado de la puerta y comenzó a quitarse las botas de montar. Al oír el carraspeo de alguien, levantó la cabeza y vio al mayordomo, que estaba observándola.

—¿Puedo ayudarla, señorita?

El mayordomo había adoptado una expresión estoica, flácidos ojos grises y aún más flácida papada.

—No. Gracias, Stanley —él siempre le ofrecía su asistencia y ella siempre la rechazaba, era así desde que ella aprendió a cabalgar. Por fin se sacó una de las botas y la dejó caer en el suelo.

Al ver que Stanley no se marchó, como hacía siempre, Lexie volvió a alzar la cabeza.

—Su madre ha estado buscándola.

Suspirando, Lexie inició la tarea de quitarse la otra bota.

–¿Qué habré hecho ahora?

–Su… príncipe ha venido.

Lexie se quedó inmóvil un momento. Y Stanley, en contra de su profesionalidad como mayordomo, se permitió que su rostro mostrara su desagrado. No lo había dicho, no lo haría nunca, pero Stanley pensaba que su madre y ella estaban cometiendo un error.

–Se ha adelantado –comentó Lexie dejando caer la otra bota en el suelo.

–Creo que ha sido un malentendido que ha tenido que ver con el cambio de secretaria de su madre. El príncipe parece pensar que usted va a ir con él esta tarde a San Philippe.

–Pero, ¿y la cena?

–Exacto.

–¿Se lo ha explicado mi madre?

–Por supuesto. Se marchará mañana por la mañana como estaba planeado.

–Cielos…

–Exacto.

Percibió un leve brillo travieso en los ojos de Stanley y tuvo el presentimiento de que había algo que el mayordomo no le había dicho. Sin duda lo descubriría pronto.

–¿Dónde está?

–En el campo de croquet.

–Será mejor que vaya –Lexie se levantó y se volvió para marcharse, pero se detuvo al oír otro carraspeo de Stanley.

–¿No debería asearse un poco antes?

Lexie se miró los pantalones manchados de barro y lanzó una carcajada.

—¡Sí, ya lo creo! Gracias, Stanley.

El mayordomo inclinó la cabeza.

Treinta minutos más tarde, con un recatado vestido de verano, se sentó en un asiento en el cenador. En el brazo del asiento contiguo al suyo había una chaqueta oscura y no pudo resistir acariciar el cuero y la exquisita suavidad del forro de seda.

Apartó la mano y volvió la atención al juego de croquet que parecía estar llegando a su fin. Sólo había dos personas en el césped: Adam, de anchos hombros que estaba de espaldas a ella, y su sumamente delgada madre. Por el lenguaje corporal se podía ver que Antonia estaba perdiendo... y era mala perdedora.

Con sorpresa, vio a Adam golpear la pelota con el martillo de madera de mango largo dando un golpe demoledor que dejó la pelota de su madre muy lejos de donde ella la quería. Aunque no esperaba que Adam se dejara ganar, pensaba que podía haber tenido algo más de tacto. Se le consideraba un hombre muy diplomático y, normalmente, conseguía complacer a su madre.

Adam se enderezó y se dio media vuelta. Al verle de perfil, Lexie contuvo la respiración con expresión de incredulidad.

No, no era Adam Marconi, príncipe heredero de San Philippe, sino su hermano, Rafe.

El rostro de Lexie enrojeció.

Rafe se volvió del todo y, desde el otro lado del campo de césped de croquet, la vio y le sostuvo la mirada. Después, despacio, inclinó la cabeza; pero incluso a esa distancia logró con el gesto mostrar su desagrado.

Sin embargo, no era él solo. Ella tampoco quería ver a Rafe.

En un intento por recuperar la compostura, Lexie se recordó a sí misma, como su madre solía hacer, que ella también tenía sangre real en las venas: antaño, sus antepasados regentaron el pequeño principado europeo del que ahora el padre de Rafe era rey. Una Wyndham Jones no perdía nunca el control. Supuestamente.

La sorpresa de ver a Rafe dio paso a un sentimiento de desilusión. Adam, su príncipe, no había ido personalmente, sino su libertino hermano. El príncipe playboy, como los de la prensa lo llamaban; o como ella prefería llamarlo, el príncipe rana. Y lo de rana no tenía nada que ver con su aspecto, Rafe era el mismísimo Adonis.

Su madre la vio entonces e, inmediatamente, abandonó el juego y comenzó a cruzar el campo, seguramente convenciéndose a sí misma de que había estado a punto de ganar. Rafe la siguió.

Lexie apretó la mandíbula; pero, cuando llegaron hasta ella, forzó una sonrisa y fue a darle la mano. Rafe la aceptó y se la llevó a los labios, dándole el más suave de los besos.

Durante esos breves momentos, Lexie se sintió sumida en una profunda confusión. Se le olvidó lo enfadada que estaba, se le olvidaron sus planes para el futuro e incluso se olvidó de su madre. Sólo fue consciente de esos cálidos labios acariciándole los nudillos de los dedos y del temblor que le recorrió el cuerpo.

Rafe levantó la cabeza y ella se encontró víctima del abrasador contacto con los oscuros ojos castaños de Rafe. Al soltarle la mano, ella recuperó el sentido y lo recordó todo, reconociendo la táctica de él como lo que era, un juego de poder.

—Es un placer volver a verlo, excelencia —dijo Lexie falsamente.

Él le sonrió.

—Con Rafe vale. A menos que prefieras que te llame señorita Wyndham Jones.

—No —Lexie sacudió la cabeza.

—En ese caso, Alexia, el placer es mío. Hace demasiado tiempo que no nos vemos.

Lexie se contuvo para no llamarlo mentiroso; en parte, porque sería una falta de educación, pero además porque ella también había mentido. Para ninguno de los dos era un placer verse.

—Y toda una sorpresa. Debo confesar que esperaba a Adam.

Adam… considerado, maduro y un caballero.

—Sí, suele ocurrirte.

Lexie palideció. ¿Cómo se atrevía? Una equivocación cuatro años atrás. Una equivocación que había esperado que él olvidara. Al fin y al cabo, para un hombre como él no era nada extraordi-

7

nario. No era nada, se recordó a sí misma. Un accidente, un malentendido.

En una fiesta de disfraces, acabando de cumplir los dieciocho, era fácil confundir a un príncipe enmascarado con otro; sobre todo, cuando el tipo y el cabello de ambos eran similares. Y si ese príncipe, bailando, te llevaba a un rincón detrás de una estatua de mármol y te besaba como si fueras la mismísima Afrodita y tú le respondías de igual manera, y entonces él te quitaba la máscara y, al darse cuenta de quién eras, se apartaba de ti y lanzaba una maldición...

–Te pido disculpas en nombre de mi hermano –dijo Rafe en tono casi sincero. Por supuesto, a él tampoco le hacía gracia estar allí–. Unos asuntos de palacio le han impedido venir para llevarte a San Philippe. Por supuesto, espera con anhelo tu llegada.

Lexie tuvo que hacer un gran esfuerzo para no levantar los ojos hacia el cielo. «Espera con anhelo tu llegada». ¿Se podía hablar con más formalidad? De nuevo, la palabra «mentiroso» acudió a su mente. Porque a pesar de que siempre le había gustado Adam, de saber que ella le gustaba a Adam y de que los padres de ambos habían hecho lo posible por instigar su unión, la correspondencia entre ambos no era más que amistosa.

Pero la situación estaba a punto de cambiar. Hacía cuatro años que no se veían y Adam iba a conocer a la nueva, mejorada y madura Alexia Wyndham Jones.

–Entretanto, desgraciadamente, tendrás que conformarte conmigo –dijo Rafe.

–Oh, no, eso no es ninguna desgracia –intervino su madre antes sin darle tiempo a responder–. Ayer mismo Alexia estaba hablando de su última visita a San Philippe. No recuerda haberte visto, no debías de estar allí.

–Estaba fuera, pero llegué a tiempo de asistir a la fiesta del último día, la fiesta de disfraces –una nota de desafío asomó a su voz.

Un estúpido y equivocado beso. ¿Por qué tenía que habérselo recordado?

–Ah, la fiesta, casi la había olvidado –Lexie sonrió dulcemente–. No me extraña, teniendo en cuenta lo interesante que fue todo lo demás mientras estuve allí.

Rafe sonrió traviesamente.

–Quizá pueda recordártela, ya que fue el único momento en que nos vimos durante tu visita. Me acuerdo perfectamente de tu vestido, era rojo y tenía…

Lexie lanzó una queda carcajada, horrorosamente parecida a las de su madre, pero al menos consiguió interrumpir a Rafe. El vestido al que él se había referido tenía un atrevido escote a la espalda; al bailar, él le había acariciado la piel, haciéndola vibrar.

–Apenas recuerdo la ropa que llevaba ayer, así que mucho menos hace cuatro años. En cuanto a recordarme mi última visita… no te molestes, no hace falta. Estoy segura de que, en el futuro, pasaré momentos que crearán recuerdos indelebles.

Las palabras de ella y su mirada parecieron recordar a Rafe el motivo por el que estaba allí: no para recordar un beso que mejor olvidar, sino para acompañarla a su país con el fin de que su hermano y ella se conocieran mejor y, sobre todo, para que Adam la conociera mejor. «Hacerle la corte», era como su madre lo había definido; pero sólo una vez, ya que a ella le había parecido ridículamente pasado de moda.

—Cenaremos a las ocho —dijo su madre—. He invitado a unos amigos íntimos y a algunos conciudadanos tuyos.

—Será un placer —dijo Rafe en tono bañado de sinceridad.

«Mentiroso».

Rafe dejó la chaqueta en el respaldo del sillón de su dormitorio. Había asistido a innumerables cenas durante toda la vida, pero la de esa noche se contaba entre las peores. De no haber sido por Tony, un viejo amigo del colegio y ahora importante abogado de Boston, la velada habría sido insufrible.

Por curiosidad, había estado observando a la mujer que esperaba cazar a un príncipe, la futura esposa de su hermano, y había llegado a la conclusión de que era la mujer perfecta para Adam: recatada, respetable, callada y buena anfitriona.

En una palabra, aburrida. Incluso su vestido, plateado y sin escote, y el collar de perlas le habían dado un aspecto insulso. Tenía un tipo pasable y curvas decentes, pero no había hecho nada por acentuar sus dones naturales. El cabello castaño recogido en un moño sencillo. Tampoco había visto rastro de las desafiantes chispas que sus ojos verdes le habían lanzado al mediodía.

Evidentemente, estaba disgustada por haber sido él quien fuera a buscarla en vez de Adam. Mala suerte. Él mismo, de haber podido elegir, habría pasado el día jugando al polo y la tarde bailando con la encantadora divorciada que había conocido la semana anterior en una fiesta de recaudación de fondos con fines benéficos.

Pero su padre, el príncipe Henri Augustus Marconi, alegando problemas de salud e impaciente por asegurar la continuidad de su linaje, había decretado autocráticamente que el deber de Adam era casarse, casarse bien y pronto, y que la heredera Alexia Wyndham Jones era la candidata perfecta.

Al principio, Rafe había creído que se trataba de una broma. Su hermana, Rebecca, no había ocultado su perplejidad por la decisión de su padre, a pesar de que Alexia le caía bien. Adam, siendo como era, se había mostrado reservado, lo único que había dicho era que él no podía marcharse de San Philippe. Y él, aún pagando por el último escándalo, había acabado ahí, asumiendo el papel de niñera y acompañante.

Al poco de acabar la cena, Alexia se había retirado alegando dolor de cabeza y él no había tenido más remedio que conversar con los invitados de su madre.

En ese momento, el rugido de un motor llamó su atención y se acercó a la ventana a tiempo de ver una Harley Davidson alejándose con dos pasajeros enfundados en trajes de cuero.

Rafe se quitó los gemelos de la camisa, los dejó encima de la cómoda y se miró el reloj. Una de las ventajas de haber visto a Tony era que su amigo le había podido informar sobre los mejores clubs nocturnos de Boston. Ya que no podía estar en casa, sí podía aprovechar el tiempo que estuviera allí.

Diez minutos más tarde, Rafe se sentó al volante del coche que le habían reservado y se alejó de la casa. Treinta minutos más tarde, estaba junto a Tony en el entresuelo del club mirando a la masa de gente en la pista de baile y preguntándose si no habría sido un error ir allí. Mantener una conversación era imposible; a la una de la mañana, el establecimiento estaba abarrotado y luces de colores iluminaban los rostros y los cuerpos de los danzantes.

Sólo una persona le había picado la curiosidad y, de vez en cuando, volvía los ojos a ella sin saber por qué. Le resultaba familiar y, al mismo tiempo, no. Melena negra tipo paje y maquillaje oscuro, le hizo pensar en Cleopatra. Bailaba con un tipo alto y fornido de cabello y piel oscuros, quizá latinoamericano, que bailaba tan bien como ella; sin embargo, con los ojos cerrados y su acompañante observando la multitud, la mujer daba la impresión de estar bailando sola.

Su natural sensualidad era cautivadora, al igual que la forma como movía el cuerpo al son de la música, un cuerpo esbelto enfundado en un vestido negro discreto. Pero aunque el vestido sólo dejaba ver los brazos y parte de las largas piernas, se ceñía maravillosamente a sus encantadoras curvas y a su delicada cintura.

Rafe no era el único en fijarse en ella, a juzgar por las miradas de otros que le rodeaban.

–¿Quién es? –le preguntó a Tony casi a gritos para que pudiera oírle.

Tony siguió la dirección de su mirada.

–¿La rubia? Una actriz, creo. ¿O es cantante? ¿No salió en las portadas de algunas revistas la semana pasada?

Rafe vio a la mujer a la que Tony acababa de referirse, una chica tipo Barbie.

–No. Cleopatra. Un poco más hacia la derecha.

Tony frunció el ceño.

–No lo sé. La he visto aquí un par de veces, una de ellas le pedí que bailara conmigo, pero me dijo que no y me dio la espalda. Al parecer, prefiere a los de uno noventa y fornidos.

Rafe continuó mirando a la mujer. Algo en ella le resultaba familiar. Tenía buena memoria fotográfica y, sin embargo, no lograba recordar.

–¿Crees que bailaría contigo? –le preguntó Tony–.

Eres bueno, pero no tanto. Esa mujer es diferente. No creo que le intereses.

Rafe casi nunca rechazaba un reto y, después de tan aburrida cena y del aburrimiento que le esperaba al día siguiente haciendo de niñera, le resultó imposible hacerlo.

–Observa y aprende, amigo. Observa y aprende.

En la pista de baile, Rafe apenas se fijó en la gente mientras se acercaba directo a Cleopatra por el lateral. Ella tenía los brazos en alto y los ojos cerrados, sus largas pestañas le acariciaban las mejillas y sus labios sonreían secretamente. Conseguía parecer vulnerable e intocable al mismo tiempo.

Y él quería tocarla.

Iba a bailar con él, tenía que hacerlo. Él quería saber cómo se movería pegada a su cuerpo, quería saber de qué color eran sus ojos, quería verla sonreír abiertamente. Quería...

Fue como si le echaran un cubo de agua fría cuando la reconoció.

Alexia.

No, no podía ser. La pasiva y aburrida Alexia estaba en su casa, en la cama con dolor de cabeza.

Pero sí, lo era. Y ahora también reconoció al tipo alto y fornido. Un guardaespaldas. Lo que no sabía era qué demonios estaba haciendo Alexia allí y qué debía hacer él. ¿La dejaba y se marchaba o la sacaba de allí? No era responsable de ella, pero...

Un tipo se acercó a Alexia.

Rafe lanzó una mirada al guardaespaldas, que le reconoció al instante. Entonces, con un gesto, indicó al guardaespaldas que se encargara del individuo que quería bailar con ella. El hombre asintió y dio un paso lateral.

Capítulo Dos

Haciendo un esfuerzo por no apretar los dientes, Rafe observó a Alexia bailando. Esa mujer que, perdida en la música, se movía tan sensualmente no era la misma mujer tímida con la que había cenado.

Estaba jugando con todos.

Rafe no quería saber nada de las mujeres que fingían ser una cosa y eran otra completamente distinta. Todavía arrastraba secuelas de su último encuentro con esa clase de mujer.

Estaba quieto con los brazos cruzados cuando Alexia, por fin, abrió los ojos. Vio su expresión de horror al reconocerlo, que Alexia se apresuró a enmascarar con una falsa sonrisa.

–Lo siento, pero no bailo con otros hombres –dijo ella, pensando que iba a salir de aquel embrollo. Y sin esperar respuesta, se dio media vuelta e intentó alejarse.

Pero no llegó lejos. Rafe la alcanzó al borde de la pista de baile y, poniéndole una mano en el hombro, la obligó a detenerse.

Alexia giró sobre sus tacones.

–Vete –dijo, con una energía que lo sorprendió.

Rafe bajó la mano hasta agarrarle el codo. Después, se inclinó hacia ella para que pudiera oírle.

–No. Pueden surgir problemas si te quedas aquí. Es responsabilidad mía asegurarme de que llegas sana y salva a mi país.

En ese momento, el guardaespaldas miró a Alexia, y ella se encogió de hombros.

–No te preocupes, Mario, no pasa nada.

Cuando el guardaespaldas se alejó unos pasos, Rafe se acercó aún más a ella.

–¿Se puede saber qué estás haciendo aquí?

–¿Qué?

Alexia le había oído, simplemente estaba tratando de pensar en la respuesta que iba a darle, incluso cuestionando el hecho de que le hubiera hecho esa pregunta.

Rafe se acercó aún más a ella; un milímetro más y sus cuerpos se rozarían. Esos hermosos labios color cereza estaban firmemente cerrados. Pudo oler el aroma de ella y también sentir el calor que emanaba de su cuerpo. Le apartó un mechón de ese ridículo cabello negro, mucho menos bonito que el castaño natural de Alexia, y acercó los labios a los oídos de ella.

–Vamos a mi coche para hablar.

Ella se puso tensa.

–No hay nada que decir.

Un individuo pasó por su lado y, accidentalmente, le empujó, y él empujó a Alexia. Le agarró el codo con más fuerza.

De repente, los flashes de unas cámaras fotográficas les deslumbraron. Él apretó a Alexia contra su pecho, ocultándole el rostro al tiempo que daba la espalda a las cámaras que continuaban disparándose.

Maldición, los paparazzi. Se suponía que no les estaba permitida la entrada en aquel local; al menos, eso era lo que Tony le había dicho.

Rafe volvió la cabeza. Ahí estaban, tres individuos con cámaras enfocadas en dirección a la actriz rubia. Desgraciadamente, Alexia y él estaban en el punto de mira.

–Es evidente que tenemos que hablar.

En ese momento, los vigilantes del club se dirigieron hacia los fotógrafos. Barbie y su grupo protestaban a gritos, pero él tenía la sensación de que aquella muestra de indignación era ficticia.

Rafe bajó la mirada y vio los verdes ojos de Alexia llenos de preocupación. Sintió los senos de ella contra su pecho, sintió la fragilidad de Alexia en su abrazo de protección. Era más delgada de lo que parecía y también más baja, a pesar de los enormes tacones. La cabeza de Alexia se acomodaba perfectamente bajo su barbilla.

Sintió otras cosas, cosas que no debía sentir por la posible novia de su hermano. Querer protegerla no era problema, lo que le preocupaba eran las sensaciones de placer y posesión. Se dijo a sí mismo que era una respuesta automática por tenerla en sus brazos, que no significaba nada. La soltó y se distanció de ella.

Uno de los del grupo de la actriz se lanzó contra uno de los fotógrafos para arrebatarle la cámara y, en cuestión de segundos, se liaron a puñetazos.

Rafe y Alexia se apartaron de la trifulca. Las arrugas del ceño de Alexia mostraban su preocupación mientras los vigilantes separaban a los contrincantes.

–¿Crees que hemos salido en las fotos? –Alexia se mordió el labio inferior.

Al menos Alexia se había dado cuenta del problema si se publicaban fotos de los dos pegados el uno al otro en un club nocturno o si se les implicaba en una pelea: los ciudadanos de San Philippe mostrarían curiosidad, Adam se pondría furioso; y si a su padre se le estropeaba el plan, le culparían a él. Sólo tenía que cumplir su misión: llevar a Alexia a San Philippe, sin escándalos, y luego se lavaría las manos.

Rafe sacudió la cabeza.

–Aquí casi nadie me conoce. Y tú, por suerte, estás irreconocible. Además, no iban por nosotros. Nos eliminarán de las fotos.

–¿Por suerte?

–No te ofendas. Te has disfrazado a propósito y con razón. Así que sí, afortunadamente. Pero dime, ¿cómo has venido?

–En moto.

Rafe disimuló su sorpresa.

–¿Que has venido en moto?

¿Había sido ella la de la moto?

Alexia alzó la barbilla.

–Sí, con Mario.

–¿Has ido en moto con ese vestido?

–No, primero he ido a casa de una amiga a cambiarme.

Rafe miró a Mario, éste se acercó.

–Váyase a casa en la moto.

Mario asintió.

–¿De dónde ha salido ése? –preguntó Rafe mientras Mario se alejaba.

–Es uno de nuestros chóferes y también es guardaespaldas. Y es el mejor bailarín de la empresa de conductores que contratamos.

Rafe le lanzó una furiosa mirada.

–Sin duda, el criterio perfecto para elegir un guardaespaldas.

Rafe, en silencio, contó las horas, dieciocho, para depositarla en San Philippe y dar por concluida su misión.

Lexie guardaba silencio en el coche durante el trayecto a la propiedad de la familia Wyndham Jones. Aunque Rafe conducía relajado, sintió que estaba tenso y se dio cuenta de que era en interés propio aplacarlo. Quería que viese que era una mujer apta para su hermano: serena, regia y digna.

–Bonito coche –Lexie acarició el cuero negro de su asiento.

Rafe no respondió.

–Es un Aston Martin Vantage, ¿verdad? ¿Un V12? –ahí acababa su conocimiento sobre coches.

—No lo sé.

No había logrado su propósito, no había conseguido halagarle y le molestó la indiferencia de él. Estaba claro que Rafe había decidido no hablar con ella.

—El coche perfecto de un playboy.

Al menos se ganó una burlona mirada.

—¿De dónde lo has sacado? —añadió.

—Mi secretario se encargó de ello, pregúntaselo a él.

Lexie se dio por vencida y se dedicó a observar el paisaje; primero, la ciudad; después, el campo. Pronto se marcharía de allí y saldría de su pequeño mundo.

Cuando las puertas de la verja de la finca se cerraron detrás de ellos, Rafe detuvo el coche en una senda al lado de una zona arbolada. La casa quedaba a un kilómetro de donde estaban.

—¿Por qué has parado aquí?

—Porque si parara delante de la casa alguien podría verme tratando de estrangularte y, aunque estoy seguro de que me comprenderían, podría causar un problema diplomático. Y lo que es peor, intentarían detenerme.

—Estás suponiendo que me dejaría hacer. Pero si hubieses leído los informes respecto a mí, sabrías que soy cinturón negro de kárate. Quizá fuese yo quien pudiera estrangularte a ti.

Rafe lanzó una ronca carcajada.

—Mi secretario me dio un informe sobre ti que leí durante el vuelo; desgraciadamente, no tenía otra cosa para leer. El informe también mencionaba que has hecho ballet, que te gusta navegar a vela, que tocas la flauta y, sorprendentemente, el saxofón. Por desgracia, no decía nada sobre el kárate.

Lexie se dio cuenta de que debía dejar las cosas como estaban, Rafe no iba a picar. Aunque una vez fue a una clase de kárate, pero nada más.

Rafe apagó el motor y los sonidos de la noche les envolvieron como una incómoda manta.

Rafe se volvió hacia ella y su presencia la sobrecogió. Entonces, los ojos de él se pasearon por su cuerpo descaradamente. Adam jamás la habría mirado así.

—¿Se te ha pasado ya el dolor de cabeza?

—Sí, gracias —Lexie prefirió ignorar el tono burlón. Y la falsedad de su supuesta molestia.

—¿Tienes por costumbre recurrir a ardides de ese tipo, preciosa?

—Yo no recurro a ardides. Esta noche me apetecía salir y bailar, eso es todo. ¿Es un crimen?

—Ha sido un ardid y ha sido una estupidez.

—No ha sido ninguna estupidez. He tomado precauciones. Mario me ha acompañado.

Su vida iba a cambiar, lo único que había querido era una noche de anonimato. No era mucho pedir. Había ido a ese club muchas veces y jamás nadie la había reconocido.

—Y mira lo que ha pasado.

—No ha pasado nada —el mismo Rafe había dicho que no saldrían en las fotos.

–¿Tienes idea de…? ¡Maldita sea! –Rafe se recostó en el respaldo del asiento.

–¿Qué?

–No puedo creerlo, estoy hablando como mi padre –sus manos se cerraron en puños.

La idea parecía molestarle tanto como el lío en el club.

–¿Cómo sabías que estaba en ese club? –preguntó ella–. ¿Me has seguido?

–No, ha sido una coincidencia.

Lexie sonrió.

–Así que tú también habías ido allí, ¿eh? –dijo Lexie en tono acusatorio–. Y supongo que por el mismo motivo que yo. Sin embargo, yo he hecho mal y tú no, ¿no es así?

–No he sido yo quien ha dejado la cena porque… tenía dolor de cabeza.

–Tenía dolor de cabeza. Esa cena le habría dado dolor de cabeza a un santo. Yo no tengo la culpa de que tú imaginaras que iba a meterme en la cama.

–Si quieres ser la esposa del príncipe heredero vas a necesitar un poco más de fortaleza; entre otras cosas, porque te vas a tragar innumerables cenas como la de esta noche. Te aseguro que no eras la única que quería salir de allí a toda velocidad; sin embargo, algunos hemos conseguido soportarlo.

–¡Ya, ahora lo entiendo! –Lexie sonrió–. Lo que te pasa es que estás enfadado porque yo conseguí marcharme antes que tú.

–Yo no he dicho eso. Y el problema no ha sido que dejaras la cena, tanto si tenías dolor de cabeza como si no. El problema radica en ti y en los hombres, teniendo en cuenta cómo bailabas.

–No había nada de malo en mi forma de bailar –replicó ella.

–¿No? A todos los hombres les ha gustado.

–Estás siendo injusto.

Rafe volvió la cabeza de cara a la ventanilla.

–Es posible. Pero tienes que darte cuenta de lo importantes que son las apariencias; sobre todo, de la importancia que le da gente seria como Adam.

Lo peor era que Rafe tenía razón. Desde pequeña le habían inculcado que siempre tuviera en consideración, de cara a los demás, cómo se vestía, lo que decía y lo que hacía. Para su madre las apariencias lo eran todo. Por eso, sus ocasionales escapadas al club le resultaban liberadoras.

Pero jamás se le había pasado por la cabeza que Adam se enterase.

–Puede que haya sido la última vez –dijo Lexie en voz baja al tiempo que se recostaba en el respaldo del asiento.

–En eso tienes toda la razón. Pero nadie te está obligando a ir a San Philippe.

Lexie no respondió.

–¿O sí?

Lexie lo miró a los ojos.

–No –había sido elección suya. Hacía mucho que soñaba con ello.

–Este asunto aún no ha sido zanjado, Alexia

–declaró Rafe con voz queda–. Estaré observándote. Y si descubro que estás utilizando a Adam porque lo único que te interesa es ser princesa, te mandaré de vuelta a tu casa en un abrir y cerrar de ojos.

–No vas descubrir nada porque no hay nada que descubrir –Lexie volvió la cabeza hacia la ventanilla–. Adam tiene mucha suerte de contar con tu apoyo.

–Adam no conoce a las mujeres como las conozco yo.

–De ser así, no querría tener nada que ver con él –Adam era serio, constante y considerado. No se parecía en nada a su hermano, todo cinismo y testosterona.

–A Adam no le interesan las argucias.

–¿Y a ti sí? Tus relaciones con las mujeres deben de ser muy interesantes. ¿Nunca sabes lo que es la confianza mutua?

–Lo único que digo es que, si lo que quieres es a Adam y San Philippe, no lo estropees.

–¿Que no lo estropee? –Lexie se golpeó la rodilla con la palanca del cambio de marchas al volverse bruscamente–. Viniendo de ti, es todo un atrevimiento. Según tengo entendido, tu especialidad es crear problemas.

–No cambies de tema. No estamos hablando de mí, sino de ti –dijo con voz fría, como si ella le hubiera tocado un punto débil.

–En ese caso, no intentes inmiscuirte en la relación que Adam y yo tenemos.

La expresión de Rafe se tornó burlona.

–Unas cuantas cartas y unos cuantos mensajes electrónicos no constituyen una relación.

–Son más una relación que el sexo por el sexo, como te pasa a ti. De creer lo que escriben…

–Lo que escriben no es verdad.

La vehemencia de Rafe la silenció.

–Y aunque fuera verdad, preciosa, la diferencia es que mis asuntos no te conciernen en absoluto; sin embargo, los tuyos sí me conciernen a mí. Al menos, hasta que lleguemos a San Philippe y le encasquete el mochuelo a Adam.

–¿Que le encasquetes el mochuelo a Adam?

–Reconozco que no ha sido la frase adecuada, perdona.

La penosa disculpa la enfureció aún más.

–Sí, claro que lo ha sido. Has dicho justo lo que pensabas. Perfecto, al menos por esta noche no vas a tener que seguir sacrificándote.

Lexie abrió la portezuela del coche y salió. El fresco aire de la noche fue el antídoto perfecto para la tensión a la que se había visto sometida dentro del vehículo. A sus espaldas, una de las puertas del coche se cerró. Unos momentos después, el motor se puso en marcha y el coche se acercó a ella.

–Vamos, entra, voy a llevarte a casa.

–Voy a ir andando, así que deja de seguirme. Te has deshecho del mochuelo por esta noche.

–No digas tonterías.

–¿Tonterías?

Lexie apretó la mandíbula y apresuró el paso. Los tacones la hicieron tropezarse y oyó la risa de él en el coche.

Se detuvo y se volvió hacia Rafe. Después, se agachó, se quitó los zapatos y se los tiró por la ventanilla abierta. También se quitó la peluca y se la lanzó.

Cuando el cabello suelto le cayó por los hombros, Rafe dejó de reír. Ella se volvió e, ignorando su llamada, se sumergió corriendo en la arboleda que bordeaba el camino. Se había criado allí, había jugado allí y había buscado refugio entre esos árboles; a veces, por la noche. Una chica buscaba refugio donde podía encontrarlo.

Oyó un ruido a sus espaldas y se quedó muy quieta.

–Alexia, déjate de tonterías y vuelve al coche ahora mismo.

Rafe no estaba contento. Lexie sonrió.

–¿Y si no qué? ¿Me vas a obligar? No lo creo, Rafe.

El silencio de él fue amenazante.

A Lexie el corazón empezó a latirle con fuerza.

–No me va a pasar nada –Lexie se ocultó detrás de un árbol–. Vete en el coche, yo iré andando.

Lexie corrió a esconderse detrás de otro árbol. Se detuvo y aguzó el oído.

No oyó nada, pero olió la colonia de él. Estaba cerca… Apoyó el hombro en el tronco del viejo roble y contuvo la respiración.

Por detrás, una fuerte mano le agarró el brazo e, instintivamente, Lexie lanzó un grito. La mano le cubrió la boca y, de repente, se encontró pegada a un ancho pecho.

—No chilles —le dijo Rafe al oído—. Soy yo y lo que menos necesitamos en estos momentos es que aparezcan los de seguridad.

Lexie tragó saliva y asintió. La mano abandonó su boca, pero siguió pegada a ese fuerte torso. Era la segunda vez en una hora que tenía el cuerpo apretado contra esos duros músculos.

—¿Cómo me has encontrado?

—He pasado por muchas operaciones nocturnas —Rafe la soltó y se apartó de ella—. Ha sido muy fácil, preciosa.

Por supuesto. En San Philippe, todos los hombres, incluidos los príncipes, tenían que hacer dos años de servicio militar. Rafe, por lo que podía recordar, había hecho más de dos años en los tres servicios del ejército.

—Vamos al coche —dijo él en tono autoritario.

Lexie volvió a asentir al tiempo que contenía un escalofrío.

Al llegar al coche, una chaqueta con el calor del cuerpo de Rafe y su aroma, acabó descansando sobre sus hombros. El forro de seda le acarició los brazos.

Tan pronto como llegaron a la casa, Lexie entró, dejándole que condujera solo hasta el garaje y se las arreglara por sí mismo. Un tipo que había sido soldado no debería tener problemas. Desgraciadamente.

Lexie se sentó delante de la cómoda de su habitación y se cepilló el cabello. Fue entonces cuando notó el rubor de su rostro en el espejo y respiró profundamente.

De haber sido Adam quien hubiera ido a buscarla no se encontraría en semejante embrollo. Sería la mujer que se suponía tenía que ser. No le habría dejado nada más terminar la cena alegando dolor de cabeza. Se habría quedado en casa. No habría tenido que vérselas con Rafe.

Continuó cepillándose el pelo. ¿Por qué Rafe? ¿Por qué había ido al mismo club? ¿Por qué la había reconocido? Y, sobre todo, ¿por qué le había permitido hacerla sentirse inepta, inadecuada y enfurecida?

–Ese arrogante, desconsiderado, paternalista, hipócrita, mojigato…

Fue entonces cuando vio el reflejo de Rafe en el espejo a sus espaldas y se quedó inmóvil con el brazo en alto y el cepillo del pelo en la mano.

Rafe apenas pudo disimular una sonrisa.

–He llamado. Pero estabas hablando en voz alta y no me has oído.

Lexie bajó la mano con el cepillo y continuó cepillándose el pelo.

–No es la primera vez que me califican de arrogante y desconsiderado, pero sí es la primera vez que me llaman paternalista e hipócrita; al menos, que yo sepa. Pero mojigato, jamás.

Lexie observó la imagen de él en el espejo. Llevaba el cuello de la camisa blanca desabrochado, lo que le recordó que ella aún llevaba su chaqueta, y las mangas subidas. La barba incipiente le ensombrecía la mandíbula. Sus sandalias, en una de las manos de Rafe, se veían ridículas, y la otra mano sostenía la peluca. De fondo, detrás de él, estaba su cama abierta y su pijama de encaje.

Apartó los ojos de la imagen de Rafe y se concentró en el cepillado de su cabello.

–Me parece una mojigatería que hayas criticado mi forma de bailar y mi vestido. He leído cosas sobre ti en Internet y he visto fotos –estaba enterada de la última conquista de Rafe–. Comparada contigo soy prácticamente una monja. Además, he estado en San Philippe en más de una ocasión y la gente no es más conservadora que aquí.

–¿Has acabado? ¿No quieres explicar lo de arrogante y desconsiderado?

–Es obvio.

–Puedo aceptar algunas de las cosas que has dicho.

No estando acostumbrada a que la gente admitiera sus errores, ocultó su sorpresa.

–Y tienes razón, no todos son conservadores en San Philippe. Pero puedo asegurarte que hay una persona que sí lo es.

Lexie suspiró y dejó el cepillo.

–¿Adam? –Rafe asintió–. Es una de las cosas que me gustan de él. Me parece un hombre dulce y noble.

–Es noble, pero no dulce –Rafe se acercó y, tomándola por sorpresa, le acarició el cabello–. Los dos queremos lo mismo, Alexia. Los dos queremos que llegues a San Philippe lo antes posible y sin escándalos. ¿No es verdad?

Rafe apartó la mano.

–Sí, por supuesto –Lexie tragó saliva–. ¿Me permites hacer una observación? No me parece la mejor manera de conseguirlo que estés en mi dormitorio a las tres de la mañana.

–No, puede que no.

Lexie esperó a que se marchara. Y siguió esperando.

–Si has terminado, será mejor que te vayas.

–Sí, supongo que sí.

Lexie se quitó la chaqueta y se la dio. Durante unos segundos, sus ojos se encontraron y se mantuvieron la mirada. Fue como si Rafe la estuviera desnudando con los ojos y ella lo consintiera. De repente, un sofocante calor le impidió respirar…

Y cerró los ojos con el fin de que Rafe no viera en ellos su confusión y su deseo.

Capítulo Tres

Lexie se quedó con la taza de café en el aire cuando Rafe salió a la terraza donde también su madre y la docena de invitados que habían pasado la noche allí estaban desayunando. Dejó la taza en el platillo y le siguió con la mirada. Estaba inmaculadamente vestido y guapísimo. Incluso el sol parecía brillar más con su presencia, reflejándose en el lago que había cerca.

No debería molestarle que Rafe estuviera tan guapo y tan relajado, pero le molestaba.

Al aproximarse, ella se consoló con que los cuatro asientos de su mesa estuvieran ocupados.

—Buenos días, Antonia —Rafe sonrió a su madre, un destello de dientes blancos y perfectos, una sonrisa en sus ojos. Después, se dirigió a los dos magnates del petróleo, unos hombres ya mayores —. Clayton, Jackson.

Por fin, intencionadamente, su mirada se clavó en ella.

—Alexia —Rafe inclinó la cabeza, con actitud distante y respetuosa.

—Rafe —Lexie asintió, sonrió y esperó haberse mostrado tan respetuosa y distante como él.

Lexie volvió la atención hacia Clayton, consciente no obstante de que Rafe se había acercado a la mesa donde estaba el desayuno. Había esperado que Rafe se levantara tarde. ¿No era eso lo que hacían los mujeriegos indolentes? El problema era que ya no conseguía verle representando ese papel, desde que había notado su desagrado el día anterior al mencionar los escándalos protagonizados por él según la prensa.

Clayton se limpió la boca con una servilleta.

–Señoras, ha sido un placer disfrutar de su hospitalidad –dijo Clayton dirigiéndose a madre e hija.

–¿Se marcha? –preguntó Lexie disgustada.

–Sí, me temo que sí –el hombre sonrió mientras se levantaba.

–Y yo, señora –Jackson también se puso en pie.

–¿No quieren tomar otra taza de café? –Lexie trató de contener una nota de desesperación en su voz. No estaba preparada para volver a vérselas con Rafe y, si quedaban sillas vacías, sin duda él ocuparía una.

–Me encantaría, pero el médico me ha dicho que rebajara la dosis. Gracias otra vez.

Los dos se marcharon al momento y la mujer encargada de la casa, siempre tan eficiente, retiró inmediatamente los platos.

Lexie, para compensar su rápida retirada la noche anterior, le había prometido a su madre quedarse hasta que todos los invitados hubieran desayunado. De lo contrario, habría seguido los pasos de Clayton y Jackson al instante.

Bajó la mirada y clavó los ojos en el cuenco de ensalada de frutas y yogurt que apenas había probado y comenzó la cuenta atrás mentalmente: «diez, nueve…». Justo en el momento en que llegaba a cero oyó a alguien retirar la silla opuesta a la suya. Cuando se encontró con fuerzas de levantar la mirada, vio a Rafe observándola.

–¿Qué tal la carrera? –le preguntó su madre.

¿Había ido ya ha correr? Lexie ocultó su sorpresa. Ella también salía a correr por las mañanas con frecuencia, pero no cuando había dormido pocas horas. Aquella mañana le había costado un gran esfuerzo levantarse para bajar a desayunar y lo había hecho sólo porque para su madre era importante. Clavó el tenedor en un trozo de melón. ¿Quién era el indolente entre ellos dos?

–Muy agradable –respondió Rafe–. Tienes una finca magnífica, me gusta sobre todo la arboleda al lado del camino.

Rafe estaba mirando a Antonia, pero Lexie no podía apartar los ojos de él. ¿Qué iba a decir a continuación? ¿Por qué sacar a relucir el incidente de la noche anterior? Ahora, a plena luz del día, se le antojaba casi surrealista.

–Gracias. ¿Has dormido bien?

Lexie contuvo la respiración. Debido a un engañoso sentido de la responsabilidad, o por malicia, ¿se sentiría Rafe obligado a decirle a su madre lo ocurrido la noche anterior? Lo último que quería era un sermón de su madre a modo de despedida.

–Sí, perfectamente.

Lexie respiró profundamente, evitando lanzar un suspiro de alivio. Apuntó a una fresa con el tenedor. A pesar de no haber salido a correr, apenas había logrado dormir unas horas. Al pensar en ello, reprimió un bostezo.

–Me temo que debes encontrar nuestro país algo aburrido, ¿no? –Antonia sonrió a Rafe.

Lexie contuvo un reproche. Ojalá su madre dejara de esperar siempre los halagos de todo el mundo.

–No, todo lo contrario –contestó Rafe, justo lo que su madre había esperado oír–. Anoche fue fascinante. Mucho más interesante de lo que había imaginado.

Unas palabras con doble sentido. Lexie esperó a que su madre insistiera.

–Me alegra mucho que pienses eso. Confieso que tengo fama de dar las mejores cenas.

Por suerte, su madre era superficial y, por una vez en la vida, Lexie estuvo agradecida de que lo fuera. Su madre no tenía idea de que Rafe estuviera hablando de otra cosa que no fuera la cena y tampoco era consciente de lo aburrida que había sido. Si la gente la felicitaba por sus cenas, cosa que hacían, era sólo por su fortuna y su estatus social.

Lexie mordió una fresa y se obligó a tragar, fingiendo interés en el desayuno. Con envidia y algo de irritación, vio a Rafe atacar un plato con huevos y beicon.

Ella continuó comiendo lo suficiente para no

dar la impresión de querer evitar a Rafe antes de disponerse a levantase de la mesa. Pero su madre se le adelantó.

—Lo siento, pero tengo que ir a hablar con Bill un momento antes de que se vaya; desgraciadamente, no he tenido tiempo para prestarle demasiada atención.

Tras esas palabras, su madre se marchó. Ella, por su parte, no podía irse y dejar a Rafe solo. Apretando los dientes, alargó el brazo para agarrar su vaso de zumo de naranja.

—No te quedes aquí por mí, preciosa —murmuró Rafe, al parecer, consciente de lo que había estado pensando.

Rafe la observó por encima del borde de su taza de café con un brillo travieso en los ojos.

—Gracias por no decirle lo del club a mi madre.

Rafe se echó hacia atrás ligeramente.

—¿En serio temías que lo hiciera? Lo que le digas a tu madre o dejes de decirle no es asunto mío.

—Gracias de todos modos.

Mientras Rafe se encogía de hombros, sonó su teléfono móvil. Se lo sacó del bolsillo y frunció el ceño al ver la identidad de la persona que lo llamaba.

—Perdona, es mi hermano. Tengo que responder a la llamada.

Rafe se levantó y se alejó de la terraza.

Bien que lo que ella le dijera a su madre no fuera asunto de Rafe, pero lo que él le decía a su hermano sí era asunto suyo. No había hecho nada de lo que pudiera avergonzarse, pero era mejor que Adam no se enterara de ello.

No podía oír nada de la conversación ya que Rafe se estaba alejando. Pasó junto a Stanley, que estaba de pie a un lado de la terraza supervisándolo todo, y desapareció detrás de un seto.

Aprovechando quizá la última oportunidad de hablar con su viejo amigo, Lexie agarró su taza de café y se acercó al mayordomo. Que él estuviera más cerca de Rafe era pura coincidencia.

—¿Lo pasó bien anoche, señorita? —preguntó Stanley con una chispa de humor en los ojos.

—¿Usted también, Stanley? —el mayordomo era la única persona de la casa que sabía lo mucho que le gustaba bailar y estaba enterado de sus ocasionales escapadas al club.

—¿Qué quiere decir?

—Que me descubrieron.

—¿Quién? —preguntó el mayordomo sin ocultar su preocupación.

—El príncipe rana.

La preocupación se acentuó.

—¿Y no le sentó bien?

—No es así como describiría su reacción.

Stanley se permitió una sonrisa en el momento en que la risa de su madre les alcanzó y ambos miraron en su dirección.

—Es evidente que no se lo ha dicho a su madre.

—No. Gracias a Dios. Al menos, todavía no.

—Estoy seguro de que sería la última persona en el mundo que lo hiciera.

También había llegado a oídos de Stanley la fama de Rafe. Sin embargo, a pesar de que Rafe le hubiera asegurado que no lo mencionaría, ella no estaba completamente segura de que, llegado el momento y si le servía de provecho, no lo hiciera.

—Una cosa más —dijo Stanley.

—¿Sí?

—Debería dejar de llamarlo príncipe rana… si es que va a ser su cuñado.

—Sí, lo sé —dijo ella con un suspiro.

—No tiene por qué irse.

Lexie volvió los ojos a la mesa del desayuno, a los invitados y a su madre… y reprimió sus dudas.

—Sé que piensa que lo que estoy haciendo es una locura, Stanley. A veces yo también lo pienso porque no siempre parece tener sentido. Pero quiero ir. Me encanta San Philippe. No puedo explicarlo, pero allí siempre me he sentido como si estuviera en casa. Y, además, está Adam, por supuesto.

Quizá no debería haberlo nombrado el último de la lista.

—Maldita sea, Adam —la voz de Rafe, de repente, llegó hasta sus oídos—. ¿No deberías ser tú quien hiciera eso con ella?

Rafe, paseando mientras hablaba, había llegado hasta el otro lado del seto; aunque Lexie no le podía ver, la barrera no le impedía oír.

—Lógicamente, sí. Pero yo tengo mi propia vida —le oyó decir Lexie, segura de que era de ella de quien hablaban—. Puedo emplear mi tiempo mejor que haciendo de niñera o recados para ti. Esta situación es totalmente ridícula. No puedo imaginar a una mujer lo suficientemente ingenua como para…

Stanley se aclaró la garganta.

–Pensándolo mejor, lo de príncipe rana no está mal del todo –dijo Stanley.

Lexie se echó a reír, pero fue una risa falsa. En cualquier caso, no debía permitir que lo que Rafe había dicho la afectara. No obstante, el desdén que sus palabras portaban le dolió. Rafe estaba ensombreciendo su sueño.

¿Manipuladora o ingenua? ¿Era así como Rafe la veía, quizá Adam también? ¿Era una de esas dos cosas? Sabía que era idealista, pero eso no la convertía en una persona ingenua… ¿o sí? Ya estaba medio enamorada de Adam y quería enamorarse del todo y que él se enamorase de ella. ¿La convertía eso en manipuladora?

Miró en dirección a Rafe. Él había bordeado el seto y ahora estaba a la vista. Tenía el ceño arrugado, como si se hubiera dado cuenta de que ella le había oído. Se volvió de espaldas y empezó a alejarse aún con el teléfono pegado al oído.

Al lado de la limusina, Rafe, cansado de esperar, miró el reloj. El equipaje de ella ya estaba en el maletero del coche, lo único que faltaba era la chica. Hacía calor ahí fuera. Volvió a mirar hacia los escalones de la entrada de la casa y, por fin, la puerta se abrió y apareció el mayordomo. El mayordomo, pero no Alexia.

–¿Dónde está? –preguntó Rafe conteniendo su frustración.

–No está en la casa, señor.

–Entonces, ¿dónde está?

–Lo más seguro es que esté cabalgando. He mirado en los establos y falta uno de los caballos que ella monta, aunque nadie la ha visto salir. A veces pierde la noción del tiempo cuando está montando a caballo.

Rafe se quitó la chaqueta y la arrojó al interior del vehículo.

–Lléveme a los establos.

–Ya puede irse –le dijo Rafe al mozo de cuadra que le había acompañado hasta allí. Después, instó a su caballo a acercarse a la mujer que estaba sentada encima del tronco caído de un árbol a orillas del lago.

Detrás de ella, una yegua pastaba. Con el cabello lanzando destellos bajo los rayos del sol, presentaba una imagen tan bella como la de cualquier cuadro que él había podido ver en los cientos de galerías de arte que había inaugurado o visitado. Pero se la veía abatida. Parecía muy sola y preocupada.

Mientras cabalgaba, había pensado en romperle la piel a tiras cuando la encontrara. Pero ahora, al verla, su enfado se disipó.

Rafe dejó el caballo al lado de la yegua y se sentó en el tronco. Sus hombros casi se tocaron.

–Lo siento –dijo Lexie con voz queda.

–No te preocupes, no es la primera vez que una mujer me hace esperar –aunque sabía que Lexie no se había referido a eso–. Es la tercera vez, mi hermana es la responsable de las otras dos veces. Vamos, no te preocupes, es un avión privado y no se va a marchar sin nosotros.

–No voy a ir.

La preocupación se le agarró al estómago. Le habían encargado que la llevara a San Philippe y tenía que hacerlo.

–Claro que vas a ir. Está todo listo. Tienes el equipaje en el coche. El piloto es muy bueno, casi nunca se estrella.

Rafe le recogió un mechón de pelo detrás de la oreja y esperó su sonrisa, pero no la recibió.

–Tienes razón, esta situación es ridícula. Ninguna persona normal habría accedido a esto. Me hacía tanta ilusión que nunca me paré a pensar en ello.

Vaya, le había oído.

–Alexia, casi nunca tomo nada en serio, así que tampoco deberías tomar en serio lo que yo digo –su familia lo sabía–. A ti te ha gustado Adam siempre, ¿no?

Lexie asintió.

–Desde que tenía doce años.

–¡Vaya! –no había imaginado que durante tanto tiempo.

La noche del baile de disfraces, la noche que

se besaron, sabía que Lexie había imaginado que estaba besando a Adam.

—Estúpido, ¿no?

Secretamente, sí, le parecía estúpido. Adam, en aquel tiempo, estaba enamorado de la hija de un embajador, una mujer de tórrida belleza que le llevaba a Alexia diez años de edad y toda una vida de sofisticación. E incluso ahora, por lo que él sabía, su hermano había accedido a hacerle la corte a Alexia debido, fundamentalmente, a un sentido del deber.

—Los sentimientos no se pueden controlar.

—Aunque creo que empecé a enamorarme de él a los ocho años, cuando tú me tiraste una rana y Adam me la quitó de encima.

Rafe sonrió.

—Arthur.

—¿Arthur?

—La rana.

Lexie volvió la cabeza con expresión curiosa.

—¿Era un animal doméstico?

—Dejemos a Arthur y volvamos a Adam, tu príncipe azul, el caballero que te salvó del diabólico anfibio.

—Adam no siente nada por mí.

—¿Y eso te preocupa ahora? Vamos, dale una oportunidad. Adam no te conoce. Creo que le gustarás —no le explicó que su padre prácticamente se lo había ordenado.

—¿Lo dices en serio?

Rafe observó su pálido y hermoso rostro, el cabello en el que cualquier hombre querría enterrar sus dedos y el cuerpo del que aún llevaba la huella en el suyo.

–Sí, creo que le gustarás. E incluso puede que él te siga gustando después de conocerlo mejor. Pero no lo sabréis hasta que tengáis la oportunidad de pasar un tiempo juntos. Y, si no funciona, no pasará nada, no tienes nada que perder.

Si regresaba a San Philippe sin ella, le echarían la culpa. Y el castigo sería evitar que le casaran a él. Sólo Dios sabía en quién habría pensado su padre para él, aunque no dudaba de que había pensado ya en alguien. Pero no se atrevía a preguntar porque no quería recordárselo a su padre.

–Excepto mi orgullo.

–El orgullo está sobrevalorado.

–Siempre que he ido a San Philippe lo he pasado bien. Tiene gracia, pero allí me siento como en casa, más incluso que aquí.

–Entonces, solucionado. Vámonos.

Rafe iba a ponerse en pie cuando ella, poniéndole una mano en el brazo, le detuvo.

–Gracias. No suelo mostrarme tan indecisa. Me ha ayudado hablar contigo.

–De nada –al contrario que le pasaba a Adam, nadie le pedía consejos. Y no solía darlos. No quería asumir esa responsabilidad. Pero se alegraba de haber podido ayudar a Alexia, suponía un paso adelante para deshacerse de ella.

Alexia lo miró, sus ojos verdes todo inocencia y esperanza.

–Mis amigos me llaman Lexie.

Sexy Lexie. Era muy atractiva y no parecía darse cuenta de ello. Era su cabello y sus sonrientes labios, eso sin considerar el cuerpo. Por primera vez, casi envidió a su hermano.

Sí, necesitaba deshacerse de ella lo antes posible.

Rafe estaba junto a la limusina, esperando de nuevo. Lexie le había dicho que sólo necesitaba veinte minutos para prepararse, pero él sabía lo que significaba que una mujer dijera veinte minutos y se dispuso a esperar. Levantó la mirada hacia la puerta de la entrada de la casa justo en el momento en que Alexia salía acompañada del mayordomo. Descendieron las escaleras juntos. Llevaba recogido el cabello y vestía un traje de color crema. Un collar de perlas adornaba su cuello.

Alexia se detuvo a su lado.

–Bueno, vámonos ya.

–¿Y tu madre?

–Tenía un almuerzo en la Sociedad de Historia.

Rafe comprendía mejor que la mayoría de la gente lo que eran los compromisos sociales, pero de todos modos… En fin, no importaba, no era asunto suyo.

–Nos despedimos antes de que se marchara –explicó Alexia.

Pero Rafe no sabía si la estaba disculpando por él o por sí misma.

El conductor abrió la puerta del coche. Rafe esperó a que ella entrara; sin embargo, Alexia se volvió y se abrazó al mayordomo.

–Cuídese, señorita –murmuró Stanley.

–Lo haré, Stanley. Y usted también.

–Por supuesto.

Mientras Alexia se acomodaba en el asiento, Stanley se volvió hacia él.

–Cuídela, por favor.

Jamás en la vida había recibido órdenes de un mayordomo y, a pesar del «por favor», había sido una orden. Pero los ojos aguados del hombre le instaron a dejarlo pasar.

–Por supuesto.

Dada la ausencia de la madre, se alegraba de que Alexia tuviera a alguien que se preocupaba por ella.

Rafe entró en la limusina, agarró el periódico que estaba en el asiento posterior y ojeó los titulares. Alexia guardó silencio mientras recorrían el camino y pasaban junto a la arboleda, y continuó callada tras cruzar las puertas de la verja.

Por fin, Rafe la miró, temiendo verla sumida en dudas de nuevo. Sin embargo, la ilusión que vio reflejada en su rostro le quitó la respiración. Y cuando ella se volvió y le sorprendió mirándola, su sonrisa se agrandó.

–Ya veo que no te estás arrepintiendo, ¿eh?

–Si voy a ir, estoy dispuesta a disfrutar. No tiene sentido hacer las cosas a medias –Alexia volvió la cabeza–. Además, no puedes hacerte idea de la sensación de libertad que tengo al dejar esas puertas atrás.

—Es evidente.

Alexia seguía sonriendo.

—Bueno, quizá sí puedas hacerte idea.

—Pero eras libre de salir y entrar a tu antojo, ¿no?

—Sí. Más o menos. No creo que pudieras entenderlo.

—Puede que no me corresponda decírtelo, pero si esperas sentirte libre formando parte de una familia real estás equivocada.

—Pero si…

Rafe esperó a que continuara con lo que iba a decir.

—Si la cosa va bien con Adam, estaré con un hombre maravilloso, seré la señora de mi casa y dispondré de mi vida a mi antojo.

A Rafe no se le escapó que Alexia había omitido mencionar que estaría casada con el príncipe heredero de San Philippe. ¿Hasta qué punto le afectaría desempeñar el papel que el título requería?

—Sí, supongo que sí –dijo él–. Pero… ¿se te ha ocurrido echar un ojo al calendario que te han preparado? Habrá banquetes, cenas de Estado, visitas a jardines, el desfile del aniversario y los fuegos artificiales, un bautizo… La lista sigue y sigue.

Alexia no iba a parar desde el momento en que pusiera los pies en el principado.

—Sí, lo he visto –ella se encogió de hombros–. Me gusta mantenerme ocupada.

Lo que le recordó el primer encargo que tenían que hacer.

–Por cierto, ¿sabías que no vamos a ir directos a San Philippe?

–Sí.

–¿Te ha llamado Adam?

–Sí, después de que hablara contigo.

Después de que él, con falta de tacto y descuido, dejara que ella oyera parte de la conversación.

–¿Y… no te importa?

–¿Parar en Londres o…?

–Lo del regalo.

Iba a llevar a la novia de su hermano a Londres a comprar unos pendientes que Adam quería regalarle, o quizá los pendientes que el consejero de Adam le había sugerido que regalara a Alexia.

–Es un detalle por parte de Adam que quiera que elija un regalo.

Sí, todo un detalle.

–¿Y no te molesta que…?

–¿Qué?

–Nada –no era asunto suyo.

–¿Que te haga acompañarme a elegir el regalo?

Si él quisiera regalar una joya a una mujer, sobre todo a una mujer como Alexia, él mismo la elegiría; algo con esmeraldas que brillaran como sus ojos, o algo de ámbar que hiciera juego con el color de su cabello.

–Olvídalo, no tiene nada que ver conmigo.

–Sí que tiene que ver contigo. Y, por supuesto, no quiero ser una carga para ti. Soy plenamente consciente de que tienes tu propia vida; pero a pesar de todo… me siento feliz. Además, me encanta Londres.

–Sólo vamos a pasar allí unas horas.

–Y después, por fin, podrás deshacerte del mochuelo –lo dijo con una sonrisa que le dejó claro que no guardaba ningún resentimiento hacia él.

Alexia lo miró entonces fijamente con mezcla de inocencia y curiosidad.

–¿Tienes novia?

La pregunta le tomó por sorpresa.

–No.

–¿Qué hay de…?

Alexia había estado a punto de referirse a la última mujer con la que había tenido relaciones, Delilah.

–Se acabó. Se acabó en el momento en que descubrí que estaba casada. Desgraciadamente, me enteré al leerlo en los periódicos.

–¿No lo sabías?

–Su marido y ella se habían separado temporalmente y se le olvidó mencionar la existencia de su esposo.

Aún le dolía la mentira y seguía enfadado consigo mismo por haberse dejado engañar. La prensa había escrito largo y tendido sobre ello. Delilah había ganado mucho dinero vendiendo su versión de los hechos a una revista del corazón.

–¿La querías?

Rafe sonrió.

–No. Por supuesto que no.

–Ah.

Alexia pareció desilusionada y él casi se echó a reír.

–El amor no entra en mis cálculos. No me tomo las cosas en serio.

La decepción de ella se evidenciaba en sus ojos. La clase de ingenuidad que poseía Alexia era justo el motivo por el que prefería salir con mujeres más maduras, mujeres que sabían lo que se hacían. Alexia tenía mucho que aprender y era muy probable que acabara sufriendo.

Y él era el que al final la había convencido de ir a San Philippe.

Capítulo Cuatro

Lexie estaba delante de la ventana contemplando la ciudad envuelta en niebla. La niebla confería a Londres una etérea belleza, pero había hecho cerrar el aeropuerto y tenían que pasar la noche allí.

Oyó cerrarse la puerta de la habitación contigua; Rafe había regresado. Los empleados de la casa de su familia en Londres cerraban las puertas sigilosamente, por eso sabía que era él. Rafe había desaparecido mientras ella se entendía con los joyeros y no le había dicho adónde iba. Uno de los empleados de la casa le había preguntado si quería algo especial para cenar y ella le había pedido que esperase un rato. Le había dado a Rafe cinco minutos más antes de pedir que le preparasen la cena a ella sola porque estaba muerta de hambre. Y si él no había tenido la delicadeza de decirle cuándo iba a volver, si iba a volver, ¿por qué seguir esperando?

Respiró profundamente. Estaba nerviosa, cansada y angustiada. Lo mejor que podía hacer era mostrarse distante con él. Al día siguiente estaría en San Philippe y lo vería poco. Al fin y al cabo,

Rafe tenía su propia vida, una vida que ella estaba interrumpiendo.

No obstante, durante los pocos minutos que el día anterior por la mañana habían estado sentados juntos en el tronco caído, había imaginado conectar con él. Ahora se daba cuenta de que Rafe sólo había hecho lo necesario para forzarla a acompañarlo.

Alexia se volvió cuando él entró en la habitación. La tensión que había notado en él al marcharse había disminuido, pero no mucho. Lo veía en la mandíbula, en los hombros y en las profundidades de sus ojos.

Rafe no quería estar ahí.

—Yo no tengo la culpa de la niebla —dijo ella a la defensiva.

Concretamente, él no quería estar ahí con ella.

—Yo también tengo ganas de que reemprendamos el camino. Pero, entretanto, sería mucho más agradable que pudiéramos llevarnos bien. Sé que no me debes nada, pero te agradecería que, al menos cuando salgas, me digas si debo esperarte o no. De esa manera, podría comer o no a mi antojo.

Vio la tensión disminuir en su mirada y, sorprendentemente, pareció divertido.

—¿Has acabado?

Alexia suspiró al darse cuenta de lo enfadada que había sonado y tuvo que controlar las ganas de sonreír.

—Sí —respondió ella algo avergonzada de sí misma.

–¿Tienes hambre? –preguntó Rafe con una traviesa sonrisa.

–Sí. Y a veces me pongo de mal humor cuando tengo hambre.

–¿En serio? –Rafe parecía estar reprimiendo la risa–. ¿Te gusta la pizza?

Al oír mencionar una de sus comidas preferidas, casi pudo olerla.

–Me encanta –respondió ella con quizá más entusiasmo del apropiado dada la sorpresa que mostraba el rostro de Rafe.

En ese momento, un criado entró en la estancia. Sus manos enguantadas sostenían una enorme caja delgada.

–¿Lo de siempre, señor?

Rafe asintió.

Rápidamente, Rafe y el criado colocaron dos sillas delante de la ventana, un reposapiés delante de las dos sillas y una mesa auxiliar entre ambas. Encima de la mesa colocaron la caja de cartón, servilletas de lino, una botella de vino y dos copas.

Cuando el criado se marchó, Lexie clavó de nuevo los ojos en la caja.

–¿Es eso…? –el aroma a tomate y albahaca impregnaba el ambiente.

Rafe, orgulloso de sí mismo, sonrió.

–Claro que lo es. El tío de un amigo mío tiene un establecimiento aquí cerca en el que hacen las mejores pizzas fuera de Italia –Rafe abrió la tapa de la caja–. Es sencilla, pero exquisita. Además, no tenemos tiempo para mucho más.

Tras una reverencia, añadió:

–Siéntate y sírvete.

Se sentaron, sus pies casi tocándose en el reposapiés, servilletas blancas en sus regazos, y comieron mirando las luces de la ciudad envuelta en niebla.

Por primera vez en muchos días, la tensión la abandonó y su respiración se hizo más relajada. No habló hasta que acabó su segundo trozo de pizza.

–Gracias, estaba divina. Y era justo lo que necesitaba.

–Imaginaba que, como a partir de ahora va a haber un banquete tras otro hasta el final de las fiestas de aniversario… en fin, me ha parecido bien.

–Mucho mejor que bien, perfecto.

Sonaron las campanas del Big Ben en la noche. Lexie tomó un sorbo de vino tinto.

–¿Qué has querido decir con eso de que no tenemos tiempo para mucho más?

Rafe se miró el reloj mientras tragaba un trozo de pizza. Del bolsillo de la chaqueta se sacó un papel y se lo dio.

–¿Qué es esto?

–Míralo.

Lexie se limpió las manos, agarró el papel y miró a Rafe.

–Son unas entradas… para una representación de Shakespeare en el teatro Globe –Lexie se puso en pie, la servilleta se le cayó al suelo y apretó las entradas contra su pecho–. No puedo creerlo. No creía que hubiera oportunidad… Ni se me había ocurrido preguntar.

–Los miembros de la realeza, aunque sean extranjeros y de lugares pequeños, tienen ciertas ventajas.

Lexie se echó a reír.

–Gracias.

–No me las des, lo he hecho también por mí. Es mejor que pasar el resto de la tarde encerrados en casa.

–Gracias de todos modos. No puedes imaginar la ilusión que me hace. Estudié a Shakespeare.

–En Vassar, lo sabía.

¡Vaya! Rafe había leído la información concerniente a ella.

–En ese caso, puedes imaginar lo que esto significa para mí.

–Lo que significa es que no voy a tener que preocuparme de que te pongas una peluca y salgas por la ventana para ir a un club.

–No he metido la peluca en la maleta –Lexie seguía con las entradas pegadas al pecho–. He dejado atrás mis escapadas nocturnas.

La mirada que Rafe le lanzó le dejó claro que no la creía.

–Voy a ser un modelo de respetabilidad.

Rafe la miró de arriba abajo. Y aunque sabía que no podía ponerle pegas a su atuendo, ajustado a la imagen que necesitaba proyectar de elegancia y estilo, se sintió ligeramente censurada a juzgar por el modo en que Rafe fruncía el ceño.

–¿Tampoco has traído el vestido que llevabas la otra noche?

–Lo he dejado en casa y he pedido que lo lleven a una tienda de segunda mano.

–Una pena.

–¿Te has propuesto discutir conmigo? Si es así, dímelo. No tengo problemas.

Lexie seguía sonriendo.

–Está bien. Arréglate para salir, preciosa. Tenemos que irnos en quince minutos.

Cuando los actores salieron a saludar por última vez después de la representación de *El sueño de una noche de verano*, Lexie se recostó en el respaldo de la butaca y lanzó un suspiro de puro placer.

Lanzó una mirada a Rafe, a su lado en el palco reservado para ellos. Él le devolvió la mirada, asumiendo una actitud de aburrida indiferencia.

–La representación ha sido maravillosa. Increíble. Fantástica –declaró ella.

–¿Arrebatadora?

–Sí.

–Me alegro de que te haya gustado.

–A ti también te ha gustado, ¿verdad? –Lexie estaba segura de que su actitud de distante superioridad era fingida.

–Por supuesto.

–Te has reído –le había visto reír varias veces durante la representación.

–Ya he dicho que me ha gustado.

–Entonces, ¿por qué estás tan gruñón? ¿Has visto a alguna de tus novias con otro hombre entre el público?

–No. Venga, vámonos –Rafe se puso en pie.

–¿No te parece fabuloso este sitio? –dijo Lexie mirando a su alrededor.

–Reserva tus comentarios para Adam. El forofo de Shakespeare es él.

–Lo sé. Es una de las cosas que tenemos en común.

Rafe alzó los ojos con gesto de exasperación.

–¿Nos vamos ya? –preguntó Rafe, tendiéndole la mano.

–Has sido un encanto al traerme aquí; sobre todo, teniendo en cuenta que no te gusta demasiado.

–¿Un encanto?

–Sí.

Evidentemente, Rafe no estaba acostumbrado a que lo llamaran «encanto» y no pareció gustarle. Le dio la mano y sintió sus fuertes dedos cerrarse sobre los suyos mientras se ponía en pie. Rafe volvió el rostro como si algo o alguien entre el público le resultara de sumo interés y ella, siguiendo un impulso, se inclinó hacia él para darle un beso en la mejilla.

Rafe eligió ese momento para volver la cabeza.

Durante un segundo, quizá dos o tres, sus labios rozaron los de él, cálidos y suaves. Y durante ese sublime segundo, o dos o tres, un simple beso la consumió. El mundo se detuvo a su alrededor y tuvo miedo de que las piernas le fallaran por el calor que la traspasó.

Lo arrebatador de la obra no podía, no tenía comparación con eso.

Los firmes dedos de Rafe le agarraron el brazo, apartándola de sí.

Lexie se llevó las manos a los labios, le sostuvo la mirada y vio la imagen de su propia perplejidad asomando a los ojos de él.

–Lo siento –Lexie dio un paso atrás–. No era mi intención… Iba a besarte en la mejilla. Te has vuelto en ese momento… Ha sido un accidente. He dicho que lo siento. Di algo, por favor…

Rafe abrió la boca y tardó unos segundos en hablar.

–Supongo que ya estamos en paz. Vámonos.

Rafe descorrió la cortina a sus espaldas y sujetó la puerta para cederle el paso.

Diez minutos de trayecto en el coche y Rafe apenas había pronunciado palabra desde la salida del teatro. Habían llegado casi a la casa y ella ya no podía soportar más el tenso silencio. Rafe estaba con la espalda recostada en el asiento posterior del Bentley, tan lejos de ella como le era posible, con la cabeza hacia atrás y los ojos cerrados. Pero ella sabía que no se había dormido.

Lexie se volvió en el asiento, de cara a él.

–No estamos en paz.

Rafe entreabrió los ojos y volvió el rostro hacia ella. Después, se la quedó mirando.

—Al decir que ya estábamos en paz te has referido a la vez que me besaste en la fiesta de disfraces, ¿verdad?

Rafe asintió con la cabeza.

—En ese caso, no estoy de acuerdo contigo.

Rafe agrandó los ojos, picado por la curiosidad o dándole permiso para que continuara.

—En el mío no ha habido lengua.

El beso de Rafe había sido sorprendentemente erótico, despertando en ella un deseo prohibido.

Lexie volvió a recostarse en el asiento.

De repente, la ronca risa de él lo invadió todo, complaciéndola extraordinariamente.

—Sólo porque esta vez sabía a quién estaba besando.

Capítulo Cinco

–Dentro de unos minutos podrás ver San Philippe, al este.

La voz de Rafe la sacó de su ensimismamiento. Había estado mirando por la ventanilla del avión, pero sin concentrarse. Abajo, las ciudades y montañas de Europa.

–Creo que incluso se puede ver algo del palacio –añadió Rafe unos minutos más tarde.

–Sí, ya lo veo –su entusiasmo aumentó en el momento en que el avión comenzó a descender y ella pudo divisar en la distancia las altas torres.

Pronto vería a Adam y podría dejar de pensar en Rafe.

Unos caballos salpicaban los campos.

–¿Va Adam a participar en el juego de polo de la semana que viene o sigue molestándole el hombro?

Lexie tenía ganas de volver a ver a Adam, pero también le producía cierta ansiedad.

Rafe arqueó las cejas.

–¿Sabías que se había dañado el hombro?

Lexie se encogió de hombros.

–Diez años es mucho tiempo… si se tiene interés por alguien. Se puede investigar mucho. Sé absolutamente todo sobre lo que le pasó.

–¿Conoces el significado de la palabra «acoso»?

Rafe había dicho eso con una aburrida sonrisa, pero ella se lo tomó a mal.

–Yo no le he acosado, sólo he mirado en algunas páginas web. Y he estudiado la historia de San Philippe porque es parte de mi historia también –y porque posiblemente fuera parte de su futuro–. Me gusta estar bien informada.

–Ya veo.

¿Cómo había conseguido Rafe que esas dos palabras sonaran a condescendencia?

–Además, tenemos conocidos comunes.

–No es necesario que te justifiques.

–No me estoy justificando, sólo quiero que tengas clara mi postura.

–Creo que la tengo clara –Rafe volvió la atención al libro que había estado leyendo e intentó ignorarla.

Pero Lexie no era fácil de ignorar.

–A mí me parece que no.

Rafe lanzó un suspiro y pasó una página.

–No estoy obsesionada con Adam –debía dejarle claro eso a Rafe–. He salido con otros hombres. E incluso una vez creí haberme enamorado.

Eso atrajo la atención de Rafe, que volvió a mirarla.

–¿Y?

Lexie encogió los hombros.

–Fue un fracaso. Aunque no tuvo nada que ver

60

con Adam –añadió ella rápidamente–. He madurado y me he convertido en una mujer independiente.

–No me cabe duda de ello.

No se le ocurrió ninguna contestación rápida ni sarcástica, por lo que decidió adoptar una expresión desdeñosa antes de volver la atención de nuevo a la ventanilla, saboreando unos momentos de ilusión mientras sacaban el tren de aterrizaje del avión.

Rafe no lo comprendía. Ella sabía lo que hacía y esperaba ser la clase de mujer que atrajera a Adam. Y a su padre. Porque necesitaría que el príncipe Henri la aceptase y quizá también los consejeros de Estado. E incluso los ciudadanos de San Philippe. Eso la puso nerviosa. A pesar de los ánimos que le había dado su madre, no sabía si aguantaría un férreo escrutinio. ¿Y si lo que estaba haciendo era un error colosal?

No. Debía dejar atrás sus dudas.

–¿Hablando sola?

Lexie volvió la cabeza hacia Rafe, que la estaba observando con una sonrisa en los labios.

¿Había estado hablando en voz alta?

–No, claro que no –en contra de su voluntad, la sonrisa de él provocó la suya. Le resultaba imposible estar enfadada con Rafe–. Es posible. Se me acaba de ocurrir que podría hacer el ridículo aquí.

–Deja de preocuparte.

El avión tocó tierra. Ella miró por la ventanilla y vio una multitud detrás de una zona acordonada.

–¿Es normal que haya gente ahí?

–Siempre hay gente que no tiene nada mejor que hacer y se dedica a pasearse por el aeropuerto a la espera de que aparezca un avión de la realeza.

–¿Pero tantos?

Rafe miró por la ventanilla y ella vio sorpresa en sus ojos.

–Unas veces más y otras menos –respondió Rafe sin darle importancia al tiempo que volvía a recostarse en el respaldo del asiento.

–¡Guau!

–No le des importancia.

–¿Qué quieres decir?

–Que dejes de preocuparte por lo que la gente pueda pensar o por lo que pueda salir mal. Vas a salir del avión y vas a ver a Adam, eso es lo que importa. Tómate las cosas con calma, según se presenten.

–Claro que voy a tomármelo con calma, pero aunque es fácil decir que controle lo que pienso y los nervios que tengo, no es fácil de hacer.

–Es tan fácil decirlo como hacerlo. De hecho, lo que piensas es una de las pocas cosas que tendrás que controlar aquí. Y deja de darle vueltas a la cabeza, es una pérdida de energía.

–Puede que tengas razón. Pero creo que no comprendes lo que me pasa.

–Lo único que sé es que tengo razón.

Rafe se sacó una tarjeta del bolsillo, le dio la vuelta y anotó algo en el reverso antes de dársela.

Lexie leyó el número de teléfono móvil que él había apuntado en la elegante tarjeta.

–Puede que no te vea mucho cuando estemos en el palacio. Ése es mi número privado… por si acaso.

–¿Por si acaso qué?

–Por si acaso no sabes qué tenedor utilizar. No lo sé, por si acaso. Sólo tienen mi número un par de personas; así que, si me llamas, contestaré.

–Gracias.

Le sorprendió que, contando con el tiempo que habían pasado juntos en Massachussets, Londres y el avión, había estado más en compañía de Rafe que con Adam.

–Si te pasas, cambiaré el número.

Lexie sonrió y guardó silencio. Bajó la mirada y clavó los ojos en sus manos. Después de agonizar sobre qué ropa ponerse, había elegido una falda y una chaqueta de corte sastre, aunque quizá debiera haberse puesto un vestido. A lo mejor hacía calor allí. Miró a Rafe, que llevaba una camisa blanca de lino y pantalones de color crema. Estaba fantástico, parecía haber salido de un yate en el Mediterráneo. Se mordió el labio inferior.

Rafe suspiró.

–¿Qué es lo que te preocupa ahora?

Lexie no había notado que la hubiera estado observando. Tragó saliva.

–¿Sería abusar que te llamara para hacerte una pregunta tonta?

–¿Una pregunta tonta como qué?

–Como… ¿estoy bien así vestida?

Rafe paseó la mirada por ella.

–Estás bien.

–¿Qué hay de malo en lo que llevo puesto?

–He dicho que vas bien.

–Lo sé. ¿Pero qué hay de malo?

Rafe sacudió la cabeza.

–Nada. A Adam le encantará. Estás muy… aristocrática. Tu ropa es muy apropiada. Las perlas le dan el toque perfecto.

–Pero a ti no te gusta, ¿verdad?

Rafe encogió un hombro.

–Soy más superficial que Adam, el estilo aristocrático no me va. Prefiero los vestidos negros, cortos y atrevidos.

Lexie sonrió.

–Espero que algún día encuentres a una vagabunda que te haga feliz.

Rafe le devolvió la sonrisa. Por fin. Su primera sonrisa sincera ese día. Una sonrisa hipnotizante.

–No voy a parar hasta que la encuentre, aunque tenga que dar la vuelta al mundo.

Acababan de colocar la escalerilla y la tripulación abrió la puerta del avión.

–Vamos, Alexia.

Ya delante de la puerta, antes de salir, ella se volvió.

–¿Te molestaría llamarme Lexie?

Rafe vaciló.

–Necesito que al menos una persona me llame así.

Rafe asintió. Con desgana.

–Lexie –dijo él dejando escapar un suspiro.

La sonrisa de agradecimiento de ella era pura inocencia y el sólo conseguía pensar en Sexy Lexie. Lo que quería decirle y hacerle distaba mucho de ser inocente. La noche anterior, en el teatro, había sido una tortura estar tan cerca de ella oyendo sus suspiros, su risa… Y luego el beso. Ese maldito y estúpido beso con sabor a tentación y a fruto prohibido. No había dicho de broma que la única razón por la que no había habido lengua era porque sabía quién era. Ése también era el motivo por el que no había continuado besándola en el palco. Le habría gustado pasar las manos por esas piernas, estrecharla contra sí… Tenía que parar. Tenía que dejar de pensar en ello. Iba a llamar a la divorciada tan pronto como aterrizara y entregara a Lexie, Alexia, en manos más capaces que las suyas.

Iba a entregársela a Adam y a desaparecer. Alexia sólo podía ser su cuñada.

Los miembros del equipo de seguridad les escoltaron hasta la terminal. Alexia caminaba muy cerca de él. Estaba tensa, lo notaba en la rigidez de sus hombros y su cuello. Quería darle la mano, como un hermano, por supuesto. Sin embargo, se volvió hacia Joseph, el jefe de seguridad.

–Hay mucha gente –comentó Rafe.

Porque a pesar de lo que le había dicho a Alexia, había más gente de lo que había esperado.

–Es por las celebraciones del aniversario. El interés de la gente por los asuntos referentes a la familia real ha aumentado últimamente.

¿Últimamente? Él no lo había notado.

–Y, por supuesto, están interesados en la joven.

Alexia no volvió la cabeza, pero él sabía que lo había oído. Sí, sería una princesa perfecta.

–¿En Alexia? ¿Por qué? –preguntó Rafe por ella.

–La gente sabe que es una Wyndham. Saben que están emparentados con la familia real. Han corrido los rumores.

Rumores de que, en el pasado, la familia de ella había reclamado sus derechos al trono y ahora se veía inevitable la unión de las dos familias.

Lexie lo miró entonces, su rostro algo más pálido que antes. Él le guiñó un ojo.

–Sonríe y saluda con la mano, cielo. Sonríe y saluda.

Alexia le devolvió el guiño y luego hizo exactamente lo que él le había sugerido. La gente aplaudió.

Unos minutos más tarde, Rafe se apoyó en una columna del vestíbulo real del aeropuerto y se quedó contemplándola al otro lado de la sala. El príncipe Henri, con aspecto de estar orgulloso de sí mismo, le había dado la bienvenida formalmente. A él le había sorprendido que su padre hubiera ido a recibirla, lo que demostraba la importancia que le daba a aquel asunto. Su hermana, Rebecca, había abrazado a Alexia. Y, por último, Adam.

Y ahora Lexie, no, Alexia, estaba hablando con su hermano mayor, el placer evidente en sus ojos.

Adam, más carismático que nunca, le sonrió.

Y Rafe no pudo ver en su hermano el resentimiento que él habría sentido al saludar a la mujer con la que le habían ordenado que se casara.

Por supuesto, Adam era diplomático y encantador. Era fácil ver por qué Alexia creía que estaba medio enamorada de él. Lo único que esperaba era que su Adam la valorase como se merecía. Porque, aunque diplomático y encantador, cosa que era parte de su trabajo, también podía ser egocéntrico, distante y... aburrido. Y aunque al principio él también había creído que Alexia era aburrida, se había dado cuenta de que su apariencia conservadora no era más que una máscara, por mucho que ella tratara de convencerse a sí misma de que formaba parte de su naturaleza.

Rafe vio a Adam tocar el brazo de Alexia y sonreír. Alexia se echó a reír, con decoro.

Misión cumplida. Volvía a ser libre, podría olvidarse de ella y encargarse de sus asuntos.

Rafe se dio media vuelta y se marchó discretamente.

Capítulo Seis

Lexie intentó prestar atención. Su compañero de mesa, un político de San Philippe de cuya chaqueta colgaban varias medallas y de cuyo nombre no se acordaba, estaba hablándole de la evolución del sistema político del país. Desgraciadamente, entre la jaqueca y las complejidades del sistema político estaba completamente aturdida. Y los entusiastas acordes de la banda de música no la ayudaban. En cualquier caso, esperaba que sus sonrisas y asentimientos de cabeza convencieran a su compañero de mesa de que estaba siguiendo su discurso con interés y no preguntándose cuándo podría marcharse.

El político alargó el brazo para agarrar un petisú.

Al principio, las largas mesas con cubertería de plata bajo unas arañas de cristal la habían entusiasmado. Después, los invitados, la flor y nata de San Philippe. Pero con el tiempo se había convertido en otra cena en la que tenía que hablar con gente a la que no conocía.

No habría sido tan terrible de no tener una jaqueca que iba en aumento. Una criada la había peinado, pero no se había dado cuenta de lo mucho que le había estirado el pelo hasta empezar a sentir el dolor de cabeza.

Rememoró la tranquila cena de la pizza contemplando las luces de Londres y con los pies en el reposapiés.

Masajeándose la sien, Lexie miró a la cabecera de la mesa, ocupada por un Adam sumido en profunda conversación con un hombre de Estado. Él le había explicado que era mejor que no estuvieran sentados juntos aquella noche, no tenía sentido azuzar los rumores. Ella lo había comprendido perfectamente.

Al mirar a su alrededor vio a Rafe, a cierta distancia de ella y en el lado opuesto de la mesa, que estaba observándola. No pudo descifrar la expresión de sus oscuros ojos y no supo cómo explicar el efecto que tuvo en ella. Rafe alzó su copa a modo de saludo antes de volverse hacia la voluptuosa y sofisticada rubia sentada a su lado.

El hombre de Estado a su lado acabó su petisú, se limpió la crema de los dedos y la invitó a bailar. Imaginó que no tenía más remedio que aceptar la invitación, por lo que se dejó llevar a la pista de baile y, en los brazos del hombre, sus pies comenzaron a moverse al compás de un vals. Y clavó los ojos en el hombro de su compañero para evitar mirar todo el tiempo a la crema que se le había pegado al bigote a aquel caballero.

Por fin cesó la música, pero inmediatamente empezaron a sonar los primeros acordes de otra melodía. Afortunadamente, Rafe apareció a espaldas del político y le tocó el hombro.

–¿Le importa que baile yo con la señorita, Humphrey?

Humphrey, ése era su nombre.

Humphrey la soltó, dio un paso atrás e hizo una leve reverencia a Rafe.

–No, claro que no, señor –respondió apartándose.

Rafe se colocó delante de ella y paseó la mirada por su vestido azul con gesto de aprobación. Con firmeza y cuidado, tomó una de las manos de ella en la suya y la otra la colocó en su espalda.

–Gracias –dijo Lexie, aunque lo que quería era darle un abrazo de pura gratitud.

–Bailar con Humphrey después de haber estado sentada a su lado durante dos horas me ha parecido excesivo. Incluso para una mujer que quiere casarse con Adam.

–Todo un caballero. Y muy atento.

–Sí, supongo que sí –dieron unos cuantos pasos de baile–. Irónico, ¿verdad?

–¿Qué es irónico? –con la mano en el hombro de Rafe, sintió la fuerza de sus músculos.

–Que esta noche tengas dolor de cabeza de verdad –respondió Rafe–, pero que no te atrevas a marcharte.

Lexie no había pensado que se le notara y menos que Rafe se hubiera dado cuenta.

–Admito que me he preguntado si podría marcharme, pero no sé el protocolo.

Rafe sonrió traviesamente y no dijo nada. Bailaron en silencio y, cuando la banda de música dejó de tocar, él le retiró la mano de la espalda y se colocó a su lado, aún agarrándole la mano derecha.

–Vamos –dijo él.

Estaban en un extremo de la pista de baile y Rafe empezó a llevarla en dirección opuesta a su asiento en la mesa.

–¿Adónde vamos?

–Quieres marcharte, ¿no?

Lexie vaciló.

–No debería.

Rafe la empujó hacia delante.

–¿Por qué no? Ha sido un día muy pesado para ti y el vuelo te ha afectado.

–Y a ti.

–Por eso me marcho.

–¿En serio?

Rafe se detuvo y volvió la cabeza hacia ella.

–Algunas cosas las tomo muy en serio. Además, tienes dolor de cabeza.

¿No quedaría mal marcharse de su primera cena oficial?

–Tú mismo me has dicho que tendré que aguantar innumerables cenas así hasta el final.

–Sí, pero cuando seas princesa.

–Si lo soy.

–Si lo eres. Como quieras. Pero ahora tienes una disculpa válida. De momento no se fijan tanto en ti, puede que sea tu única oportunidad.

Lexie lanzó una rápida mirada hacia la cabecera de la mesa.

—Adam no se va a molestar —dijo Rafe, adivinando lo que estaba pensando, y no añadió que posiblemente Adam ni siquiera notara su ausencia.

Adam y ella habían pasado una tarde muy agradable. Habían dado un paseo por los enormes jardines del palacio, incluido un famoso laberinto. Mientras paseaban agarrados del brazo, Adam le había hablado de los esfuerzos de los jardineros por conservar la flora natural del país. Era muy culto y un caballero, y había notado su cansancio. Le había resultado un alivio estar en compañía de alguien fácil de tratar, no como Rafe, que siempre la observaba y la ponía nerviosa.

Adam y ella se habían separado para prepararse para la cena. Sin embargo, durante la cena, sólo había mirado una vez en su dirección y había asentido con la cabeza casi con paternalismo antes de volver a la conversación que estaba manteniendo.

Por el contrario, había sorprendido a Rafe observándola en más de una ocasión.

—Me pidió que te echara un ojo.

Lexie sonrió.

—¿Y qué le contestaste? —imaginaba que a Rafe no le había hecho gracia volver al papel de niñera.

—Que sí.

—¿Que sí, sin más?

Rafe sonrió y la sonrisa le llegó a los ojos.

—Por supuesto, que sí.

—Mentiroso.

La sonrisa de él se agrandó.

–Vamos, Lexie.

Marcharse con Rafe era mucho mejor que quedarse. Pero fue oírle llamarla por el diminutivo lo que la convenció del todo, recordándole que eran amigos. Porque era el único amigo que tenía allí.

Nadie pareció sorprenderse al verles salir por la puerta de una cocina tan grande como una casa. No pudo contener una carcajada cuando Rafe, tirándole de la mano, pasó por mostradores y cocineros que no dejaban de gritarse los unos a los otros.

–Rupert –dijo Rafe a modo de saludo a un hombre que de brazos cruzados supervisaba lo que ocurría en la cocina.

Rupert miró su reloj.

–Ha durado mucho esta noche, señor.

–Cuando tenga la edad de usted puede que aguante hasta el final.

–No me cabe duda de que todos esperan a que llegue ese momento.

–Todos menos yo –contestó Rafe con una sonrisa sin dejar de andar.

–Así que haces esto con regularidad, ¿eh? –comentó Lexie.

–Desde la primera cena de Estado a la que tuve que asistir. Por aquel entonces Rupert fregaba platos y me ayudó a encontrar la salida de este laberinto.

–¿No podríamos haber salido por la misma puerta por la que hemos entrado?

–De esta forma llamaremos menos la atención. Hay demasiados vigilando las otras puertas.

–Sólo me marcho porque me duele la cabeza. Tengo una excusa, no necesito salir subrepticiamente.

Aunque, por extraño que fuera, en el momento en que había decidido marcharse el dolor de cabeza había empezado a remitir.

–¿Y si te dijera que hay un club no lejos de aquí con una música maravillosa?

–No me siento tentada.

Aunque no pudo evitar preguntarse cómo sería bailar con Rafe de verdad y verle moverse, y no al compás de un vals.

Cruzaron otra puerta y salieron a un pasillo vacío y débilmente iluminado. Cuando la puerta por la que habían salido se cerró, los ruidos de la cocina cesaron y el silencio les envolvió. Rafe se volvió de cara a ella bloqueándole el paso.

–Mentirosa. Te sientes tentada.

De repente, Lexie no supo a qué tentación se refería Rafe. ¿La tentación de bailar o… él? El recuerdo del beso acudió a su mente y sintió un intenso calor. Incluso recordó el primer beso, el que había sugerido cosas que sólo podía imaginar.

Lexie no podía hablar, no podía moverse.

Bruscamente, Rafe dio un paso atrás y se volvió para reemprender el camino. Ella cerró una mano en un puño. Necesitaba irse de allí, alejarse de él. Necesitaba pasar un tiempo con Adam.

Continuaron caminando en silencio por pasillos y salones opulentos, y subieron amplias escalinatas hasta que, por fin, Rafe se detuvo delante de una puerta que ella acabó reconociendo, la puerta de su habitación.

Lexie abrió la puerta y se volvió de cara a él, aún con la mano en el pomo.

–Gracias.

Con ternura, Rafe le puso los dedos en la barbilla, le alzó el rostro y ella se perdió en sus ojos, sin poder interpretar lo que vio en los de él.

–Buenas noches, Lexie.

Estaba tan cerca que podía sentir el calor de su cuerpo.

Ambos se quedaron inmóviles durante un segundo. Lexie se sintió completamente perdida, como si Rafe le hubiera quitado toda la energía y fuerza de voluntad, y ella sabía que no estaba bien pero era maravilloso.

No, aquello no estaba bien. Había ido allí para conocer a Adam, no al príncipe rana. Quería que Adam la mirase como lo hacía Rafe, quería sentir por Adam lo que sentía por Rafe en esos momentos, quería echarse a sus brazos…

Se sentía sola, eso era lo que pasaba. Estaba fuera de casa y de su país y, a pesar de mantenerse en contacto con Adam durante los últimos años, los últimos días los había pasado con Rafe. Era natural que se refugiara en él. Todo cambiaría una vez que pasara tiempo en compañía de Adam.

Contuvo la respiración cuando Rafe alzó una mano y le soltó el moño, dejándole caer el cabello.

–Mejor –murmuró él.

Rafe le acarició un mechón de pelo y luego le dio las horquillas que le había quitado.

–Vete a la cama, Lexie.

Rafe trató de prestar atención a las palabras de su padre durante el discurso de apertura oficial de la semana de fiestas del aniversario. La cercanía de Lexie, sentada a su izquierda, entre su hermano y él, se lo impidió. Esa mujer sólo le había dado problemas desde el principio, en Boston. Problemas mayúsculos, por tranquila y aristocrática que pareciese con ese vestido de color rosa y sus hermosos cabellos recogidos en un moño.

Por suerte, ahora ya no tenía que encargarse de ella. La relación entre Alexia y Adam estaba avanzando, habían pasado juntos la mayor parte de los dos últimos días. El hecho de que estuviera sentada a la derecha de Adam era significativo. ¿Conocía ella el significado de su posición y era consciente de que saldría en todos los periódicos del día siguiente?

Alexia iba a ver cumplido su deseo, su sueño se iba a convertir en realidad.

Había estado observando a Adam. Su hermano se mostraba solícito con Lexie, encantador. Le sonreía y era guapo. Hacían buena pareja, la pareja perfecta. Eso debería complacerlo.

Pero no era así.

No sabía por qué estaba tan fascinado con ella.

Quizá porque no podía hacerla suya. Nunca podría. Quizá necesitaba salir más con mujeres, encontrar a alguien como ella. No, no como ella porque no quería una relación seria. El problema que tenía con Lexie era que lo turbaba, le ponía nervioso, le hacía olvidar sus principios, unos principios que le permitían llevar una vida cómoda, su vida.

De repente ella se rió, igual que el público, por una de las bromas de su padre.

Tan pronto como acabaran los discursos, todavía quedaban unos cuantos, se marcharía. Tenía que irse a otra parte, a cualquier parte. Quizá debiera marcharse a otro país, si podía arreglarlo.

Lexie le lanzó una mirada, su rostro iluminado por la risa y sus ojos brillantes.

Se acercó a él y fue a decirle algo.

–Lexie, presta atención a mi padre –dijo él, interrumpiendo lo que ella había querido decirle.

Los preciosos labios de ella se cerraron.

No había sido su intención cortarla, simplemente la había interrumpido al darse cuenta de que su padre había empezado a contar algo sobre Marie, su madre, cosa que no hacía en todos los años desde que había muerto. Y su padre estaba hablando de sus esperanzas y sus sueños, algo que tampoco solía hacer porque no creía en ellos, sólo creía en hechos, trabajo y el deber.

Henri volvió la cabeza hacia un extremo del estrado y la madre de Lexie, Antonia, apareció y caminó serenamente hasta colocarse al lado de Henri.

Los dos miraron a Adam y a Lexie. Sólo podía significar una cosa.

Rafe miró a Lexie, que no podía ocultar su sorpresa y confusión. Adam no estaba confuso, Adam sabía perfectamente lo que estaba pasando, aunque él se dio cuenta de que Adam no había dado su consentimiento porque notó el casi imperceptible movimiento de cabeza de su hermano y la sutil mirada de advertencia de su padre.

–Es un placer anunciar esta noche que hemos dado nuestro permiso para que mi hijo y Alexia Wyndham Jones se comprometan. Y nuestra bendición a la futura unión de las familias Wyndham y Marconi.

La multitud rompió en aplausos. Lexie jadeó y se puso muy tensa. Adam le agarró la mano. El gesto parecía afectuoso, pero él sospechaba que su hermano Adam sólo quería evitar que saliera corriendo, porque Lexie parecía dispuesta a huir. Durante los aplausos, no pudo oír lo que Adam susurró al oído de la pálida Lexie.

Durante el vuelo, Lexie le había dicho que iba a tomarse las cosas con calma y él había estado de acuerdo con ella. Evidentemente, no había pensado en el urgente deseo de su padre de que se celebrara una boda real.

«Típico de ti, papá».

Cuando los aplausos cesaron y su padre acabó el discurso, Rafe se inclinó hacia Lexie, su futura cuñada.

–Felicidades.

Ella se volvió y, durante un segundo, vio un silencioso ruego en sus ojos. Pero inmediatamente fue sustituido por una sonrisa cortés.

–Gracias.

–No sabías lo que se te echaba encima, ¿verdad?

Lexie mantuvo la sonrisa.

–Admito que ha sido una sorpresa –la sonrisa titubeó–. Yo no… no…

–Debes de estar encantada. Tus deseos se han cumplido.

La sonrisa se hizo más firme.

–Sí, así es. Pero tu padre sólo ha dicho que ha dado su permiso, no estamos comprometidos.

Todavía. Era evidente que Lexie no tenía idea de cómo funcionaban las cosas en el mundo de su padre. Adam no le había puesto el anillo en el dedo, pero eso era una mera formalidad.

Adam se levantó para hablar y, antes de hacerlo, el público aplaudió.

–¿Sabía Adam que mi padre había dado su permiso y que iba a anunciarlo esta noche? –preguntó Rafe.

Porque Adam, si se le dejaba, podía comportarse de forma muy similar a su padre.

–Al parecer, tu padre comentó ayer que era una posibilidad. Pero Adam le contestó que no le parecía buena idea, que aún no estábamos preparados.

–Aquí lo único que importa es que mi padre esté preparado y que sea el momento adecuado.

–En cualquier caso, ahora será más fácil todo. Adam y yo podremos pasar más tiempo juntos ahora que es oficial y yo podré acompañarle a los actos públicos –dijo Lexie, hablando como Adam.

–Te deseo lo mejor.

–Gracias –respondió ella, cerrando las manos en dos puños.

–Hacéis buena pareja.

–Lo sé.

–Salisteis muy bien en las fotos del concierto.

–Adam dice que puede que se deba a eso que tu padre haya anunciado su permiso. Por lo de las fotos y los rumores.

Desgraciadamente, ahora que su padre había dado su aprobación públicamente, él no podía salir del país. Se malinterpretaría.

–Mi padre tiene excelentes consejeros en lo que Relaciones Públicas se refiere y le gusta adelantarse a los de los medios de comunicación, a los que ha engañado en más de una ocasión.

Lexie sonrió.

–Me cae bien tu padre.

–En general, a mí también.

Lexie, sorprendida, parpadeó.

–Tú también le gustas, siempre le has gustado. Pero eso no significa que no te utilice si le conviene.

–¿Si le conviene? ¿Qué puede importarle a él que Adam y yo nos casemos o no?

Rafe sintió un repentino e intenso frío. Lexie no lo sabía. Nadie le había dicho que a Adam, más o menos, se le había ordenado que se casara con ella. Por supuesto, él no iba a decírselo; al menos, ni allí ni en ese momento. Esa labor le correspondía a otro, a alguien que la quisiera y a quien ella pudiera creer.

–De todos modos, estoy familiarizada a tratar con gente acostumbrada a que se cumpla su voluntad –añadió Lexie al ver que él no respondía–. Y no dejo que me presionen.

–Me alegro por ti.

–Y no me comprometeré con nadie a menos que esté segura de que es lo que quiero.

Estupendo. Eso significaba que no tendría que encargarse de proteger a alguien de alguien. Ni a Adam de Lexie ni a Lexie de Adam. Al parecer, los dos sabían lo que querían y cómo conseguirlo.

Dos días después por la mañana, Lexie se deslizó por los silenciosos pasillos del palacio. A esas horas tan tempranas había poca actividad, sólo se tropezó con algún sirviente; nadie reaccionó a su atuendo.

El palacio era antiguo y laberíntico, pero tras equivocarse ocasionalmente, logró llegar al sótano y a la puerta del gimnasio. Necesitaba ejercicio para aliviar la confusión e incertidumbre que la embargaba. Le había dicho a Rafe que no se comprometería con Adam hasta estar segura de que era lo que quería. El problema era que aún no estaba segura. Adam era encantador y le caía bien, pero… había muchos peros.

También tenía que olvidarse de las expectativas

81

de la gente. Aquella mañana los periódicos estaban llenos de fotos de Adam y ella, algunos comentaristas incluso habían especulado sobre la fecha de la boda.

Los sonidos de una música rock la invadieron al abrir la puerta y entrar.

Sólo había una persona en el gimnasio, un hombre de largas y musculosas piernas ejercitándose en una cinta rodante. Él volvió la cabeza, el hombre en el que quería dejar de pensar. No le había visto el día anterior y se había alegrado de ello.

Le vio secarse el rostro con una toalla; después, Rafe bajó el volumen de la música.

–Buenos días.

–Buenos días –repitió ella con voz demasiado ronca; debía de ser porque eran las primeras palabras que pronunciaba desde que se había levantado.

Lexie colgó la chaqueta del chándal en una percha al lado de la de él, mucho más grande, y se volvió.

Rafe sonrió con dientes blancos y perfectos.

–¿Vas a correr, a remar, a hacer pesas o a subir escaleras? Aunque casi nadie utiliza las escaleras, ya hay demasiadas en el palacio.

Él continuó corriendo en la cinta y moviendo los brazos mientras hablaba al tiempo que paseaba la mirada por sus cabellos, recogidos en una cola de caballo, por su traje de licra de pantalones cortos y por sus piernas desnudas.

Lexie sintió un calor agobiante y se aclaró la garganta.

–Voy a correr.

Quería sentir por Adam lo que sentía por Rafe, pero... La noche anterior, durante la cena, había sentido por Adam compañerismo y amistad. Era una buena base, pero quería más, aunque no sabía si se estaba mostrando poco razonable.

Lexie se acercó a la segunda cinta rodante, a poca distancia de la de Rafe, se colocó en la plataforma y se quedó mirando a los botones que tenía delante y que se le antojaron parecidos a los de la nave espacial de la serie *Star Trek*.

–Puente a McCoy, Puente a McCoy –dijo Rafe sonriendo, refiriéndose a los protagonistas de la serie.

Ella le devolvió la sonrisa.

–Justo lo que estaba pensando –y esa clase de sincronización aumentó su confusión.

Rafe se bajó de su cinta y se acercó a la de ella.

–Dime, ¿qué es lo que quieres?

¡No! Aquélla era una pregunta con múltiples sentidos. Y todo empeoraba con él bañado en un sudor que hacía que le brillara la bronceada piel. Para colmo, había agarrado su botella de agua y se la llevó a la boca.

Lexie observó fascinada los movimientos de la nuez de su garganta.

–Prefiero empezar despacio.

Rafe le lanzó una mirada que la dejó sin sentido. Al sostenerle la mirada, vio humor en los oscuros ojos de él, pero también algo más, algo profundo, algo que no tenía nada que ver con el divertimento.

Lexie carraspeó y esperó que no se le notara el calor que sentía en el rostro.

–Tenía pensado hacer cuarenta minutos de colinas suaves.

Con el pecho cerca del de ella, Rafe pulsó unos cuantos botones, la cinta comenzó a moverse y ella también. Pero Rafe continuó allí. Cerca. Oliendo bien, a algo varonil.

–Te has levantado temprano.

–Y tú.

–¿Has dormido bien? –preguntó Rafe.

–Sí –mintió ella. No le dijo nada sobre lo que había soñado.

–Lleva un tiempo acostumbrarse al cambio de horario –dijo Rafe, consciente de que le había mentido, pero sin conocer el motivo.

Rafe se apartó y volvió al cabo de un momento para dejar una botella de agua en el sitio para ello.

–Gracias.

Rafe volvió a su cinta y comenzó a moverse.

–¿Qué tal la cena de anoche?

–Extraordinaria.

–¿Te llevó Adam a la torre de San Philippe?

–Sí. La vista de la ciudad por la noche es increíble –les habían dejado un nivel del restaurante giratorio para ellos solos–. Y la comida fue divina.

La velada había sido muy agradable, aunque Adam estaba un poco cansado y ella también. Pero había logrado no dormirse durante el trayecto de vuelta al palacio.

Rafe apretó un botón de la cinta rotatoria y corrió a más velocidad.

—Así que el noviazgo marcha bien, ¿eh? ¿Es Adam tal y como esperabas que fuera?

—Me gusta. Es… es muy agradable.

Rafe le lanzó una rápida mirada.

—Un halago un tanto… suave.

—No ha sido suave. Lo que pasa es que nadie te ha dicho a ti que eres agradable.

—Desde luego, no las mujeres con las que he salido.

Lexie se preguntó qué lo llamarían. ¿Apasionado? ¿Hechicero? Hasta que las relaciones llegaban a su fin. Y por lo que Adam le había dicho la noche anterior, no duraban mucho.

—¿Y, cuando las dejas, te siguen llamando lo que te llamaban mientras teníais relaciones?

La risa de Rafe resonó en todo el gimnasio.

—No. Pero no soy yo siempre quien deja a la otra persona.

—No, ya lo sé. Según tengo entendido, a veces arreglas las cosas para que acaben dejándote a ti; o te dejan cuando se dan cuenta de que no tienes intenciones de una relación seria. Aunque la mayoría tampoco está interesada en ese tipo de relaciones porque tú sólo sales con mujeres así.

—Vaya, has investigado bien a la familia Marconi.

—Tanto Adam como Rebecca me han hablado de ti. Creo que están preocupados.

–Creo que me tienen envidia.

–No es ésa la impresión que me han dado.

–Al menos, las mujeres con las que salgo no me llaman «agradable». Y, por cierto, lo tomo como un halago.

–Yo no lo haría. Porque cuando he dicho que Adam es agradable lo he hecho como un halago. Es considerado y tiene sentido del humor, y tenemos mucho en común.

–Me encanta oírte decir eso.

Rafe aumentó el volumen de la música y el de la velocidad de su máquina. Y sin parar, se quitó la camiseta y la tiró al suelo.

Al cabo de un rato de ejercicio y casi simultáneamente, ambos fueron desacelerando sus máquinas poco a poco hasta detenerlas. Bajaron al suelo y estiraron los músculos en silencio. Después, siguiendo el ejemplo de Rafe, se acercó al cesto de la ropa para lavar y arrojó dentro la toalla.

–¿Y tú, Rafe, nunca te has enamorado? ¿Nunca has estado con nadie con quien quisieras sentar la cabeza?

Rafe lanzó una carcajada mientras se volvía para agarrar la chaqueta del chándal, al lado de la puerta. Los hombros y la espalda le brillaban. La piel tendría un sabor salado, pensó Lexie.

–Eso es como preguntarme si conozco a alguien con quien me gustaría subir al Everest –respondió Rafe dándole su chaqueta–, pero no me apetece en absoluto escalar el Everest.

Por fin, Rafe se puso la chaqueta, cubriendo aquella incitante piel.

–Todo el mundo quiere encontrar a alguien con quien compartir la vida –dijo ella poniéndose su chaqueta.

–¿Por qué casi todo el mundo piensa eso? –dijo Rafe abriendo la puerta–. He conocido a escaladores que creen que a todos les gustaría subir al Everest.

Lexie se detuvo delante de él. No estaba dispuesta a permitirle eludir la conversación.

–Imagina la sensación de logro y la satisfacción.

–¿Quieres alcanzar la cima del Everest?

–Bueno, no –admitió ella tratando de ignorar un calor que no tenía nada que ver con el ejercicio que había hecho y sí con la presencia de Rafe tan cerca de ella.

Aquélla era la reacción que quería sentir cuando estaba con Adam.

–Pero puedo imaginarlo –añadió ella intentando centrarse en el Everest. Estaba hablando del Everest.

–Prefiero no imaginarlo. Y prefiero no sentar la cabeza. Soy feliz, Lexie, soy más feliz que la mayoría de los hombres que conozco. Incluidos los casados.

–Eres un vividor. Creo que puede ser por eso por lo que algunas mujeres te encuentran atractivo –no todas las mujeres–. ¿Cómo la morena de pelo largo?

Rafe frunció el ceño como si no supiera a

quién se había referido. Pero Lexie sabía que sí lo sabía. Los había visto juntos, con sus propios ojos.

–Os vi ayer cuando Adam y yo íbamos al restaurante a cenar. Adam estaba hablando por teléfono y yo mirando por la ventanilla del coche, estábamos en la parte vieja de la ciudad. Tú estabas delante de la puerta de una casa y ella estaba en la puerta, que estaba abierta. Era muy guapa.

La frente de Rafe se despejó y sus labios esbozaron una sonrisa.

–Sí, Adelaida es muy hermosa –dijo él por fin.

–¿Y eso es todo?

–¿Qué más quieres?

–Nada, no es asunto mío.

–En eso tienes razón, no es asunto tuyo. Pero te diré una cosa, Adelaida no es mi Everest. Ni siquiera es una colina.

–¿Lo sabe ella?

–Por supuesto.

–No le dije nada a Adam.

Rafe no contestó.

La actividad en el palacio había aumentado mientras recorrían los pasillos. Por fin, al llegar al suyo, Lexie aminoró la marcha.

–Al parecer, todos tus amigos son solteros y cuando se casan dejas de salir con ellos.

–Eso no es verdad, tengo amigos que están casados. Debo tenerlos –se detuvieron delante de la puerta de la habitación de ella–. Mark y Karen, por ejemplo. Están casados e incluso tienen un niño, y yo voy a ser el padrino del niño, que va a ser bautizado dentro de unos días. Aunque reconozco que Mark ya no es tan divertido como antes. Eso es lo que le pasa a la gente cuando se casa.

–¿Es que no te das cuenta de que te estás negando a ti mismo la posibilidad de ser feliz?

–¿Es que no te das cuenta de que soy feliz?

–Adam dice que no te sientes cómodo entre parejas, que te hace darte cuenta de lo vacía que está tu vida.

Rafe se echó a reír.

–Quizá Adam esté proyectando en mí lo que él siente; porque, preciosa, no es lo que yo siento. De todos modos, ¿no tenéis mejor cosa que hacer que hablar de mí? Porque de ser así, me parece que tú y Adam tenéis problemas.

–Naturalmente que tenemos otras cosas de que hablar. Tú sólo fuiste tema de conversación unos momentos. Y hoy vamos a ir a la exposición de los jardines reales y esta noche vamos a ir a un concierto.

–¿No le has sugerido un club nocturno y algo de baile?

–¿Crees que le gustaría? –preguntó Lexie esperanzada.

No se le había ocurrido, no le había parecido que a Adam le gustaran los clubes nocturnos.

–No, no lo soportaría. No le gusta estar entre mucha gente y no le gusta la música a todo volumen.

–¿Sólo la música clásica?

–¿Hasta qué punto estás dispuesta a renunciar a ti misma por él?

Lexie alzó la barbilla.

–Adam no me ha pedido que sacrifique nada por él.

–Porque no te conoce. Porque no sabe cómo eres de verdad.

–Mi personalidad tiene muchas facetas. Adam me está conociendo de verdad. Me conoce mejor de lo que tú me conocerás nunca.

Rafe alzó las cejas.

–Sí, claro.

Por supuesto, no la creyó, igual que ella no creía en sus propias palabras. Rafe parecía ser consciente de una faceta suya de la que ni ella misma era consciente.

Rafe alargó el brazo, giró el pomo de la puerta y la abrió. Después, poniéndole las manos en los hombros la hizo girarse.

–Ve a darte una ducha, Lexie. Vístete y ponte algo que te haga parecer aristocrática, tu príncipe te está esperando.

Capítulo Siete

Se habían quedado los tres solos y en la mesa al aire libre había demasiada comida. La brisa olía a rosas. Adam estaba con el teléfono pegado al oído y, aunque ella trataba de no prestarle atención, no pudo evitar oírle tratando de tranquilizar a la persona con la que estaba hablando.

El día anterior habían pasado una tarde agradable. Ella estaba acostumbrándose a la idea de su compromiso y se sentía cómoda con Adam. Hablaban con naturalidad de varios temas: Shakespeare, jardinería, obras de caridad y el trabajo de él en el gobierno. En los momentos de silencio no había tensión, pero tampoco excitación como cuando estaba con...

Lanzó una mirada a Rafe, la otra persona sentada a la mesa. Rafe había llegado con retraso a almorzar acompañado de un perro grisáceo del tamaño de un caballo que estaba sentado a sus pies y seguía todos sus movimientos con los ojos.

–¿El perro es tuyo?

–Pasé de ranas a perros.

Lexie recibió el impacto de su sonrisa y volvió a sentir la inevitable oleada de calor.

–¿Cómo se llama?

–Duque.

–¿De qué raza es?

–Galgo lobero irlandés.

Volvieron a quedarse en silencio. Rafe alzó una copa a modo de brindis por ella, pero su gesto rayaba la insolencia.

–Te pido disculpas, Alexia –dijo Adam al desconectar el teléfono–. Sólo una media docena de personas tienen mi número personal y sólo me llaman si se trata de algo importante.

Adam no le había dado su número, al contrario que… Prefirió no pensar en ello.

–No te preocupes, lo comprendo. Debes de estar siempre muy ocupado.

–Sí, así es –Adam le cubrió una mano con la suya–, pero no tanto como para impedirme disfrutar de la compañía de una mujer hermosa.

¿Se había referido a ella? Lo había dicho de buena fe, pero no se daba cuenta de lo vacías y formales que sonaban sus palabras.

Adam se volvió a su hermano, que parecía víctima de un ataque de tos, y le dio unas palmadas en la espalda. Pero no vio el malicioso brillo de humor en los ojos de Rafe.

Lexie miró a Adam.

–¿Vas a poder dar un paseo a caballo por los campos del palacio como habíamos quedado?

–Naturalmente. Pero antes tengo que hacer unas llamadas telefónicas. Nos reuniremos dentro de una hora.

Pasar tiempo juntos haciendo algo que a los dos les gustaba era bueno.

—Y esta noche vamos a cenar… los dos solos —Adam sonrió con sinceridad, pero sus ojos no tenían el mismo calor que los castaños de Rafe ni tampoco su cinismo ni su misterio. De todos modos, eran unos ojos agradables.

El teléfono de Adam volvió a sonar y él la miró.

—Siento mucho esto, Alexia.

—Por favor, no te preocupes. Iré a cambiarme.

Lexie se levantó mientras Adam contestaba la llamada. Los dos hombres se pusieron en pie cortésmente.

Rafe observó a su hermano y, cuando éste colgó después de la tercera llamada, lo miró fijamente.

—No —dijo Rafe antes de que Adam abriera la boca.

Pero eso no fue impedimento para su hermano.

—Por favor, Rafe, acompaña en mi lugar a Alexia a dar un paseo a caballo. Por favor.

—Acompáñala tú.

—No puedo. Ya me has oído por teléfono.

—Alexia podría dar una vuelta por el laberinto —una actividad agradable, se podía hacer en solitario y llevaba mucho tiempo.

—Ya ha estado allí.

—En ese caso, que la acompañe Rebecca a montar a caballo. Se llevan bien. Lo pasarán bien las dos.

–Rebecca ha quedado con la madre de Alexia para pasar un rato juntas. Papá está en París. Tú eres el único que está libre. Sólo será un par de horas.

–Ha venido aquí para conocerte a ti, no a mí.

–Ayer pasamos bastante tiempo juntos. Fuimos al museo. Le interesa la Historia; sobre todo, la de San Philippe –dijo Adam a la defensiva.

–¿Estás seguro de que lo pasó bien? Es educada, incluso consiguió aparentar interés la otra noche cuando Humphrey le soltó un rollo de muerte.

–¿En serio la estuvo aburriendo?

–Sí, en serio. Y lo sabrías si hubieras prestado algo más de atención.

–Algunos tenemos muchas otras cosas a las que prestar atención.

Rafe dejó pasar las implicaciones de las palabras de su hermano.

–Por eso deberías hacer tiempo para ir a montar a caballo con ella.

–Bien, de acuerdo. En ese caso, ve tú por mí a presidir la conferencia sobre el Jardín Global. Tendrás que leer antes unos informes. Martin podrá ayudarte también. No te llevará más de una o dos horas. La reunión en sí durará otras dos horas, lo único que tienes que hacer es ser diplomático con todos.

–Está bien, tú ganas. Creo que le daré para montar la yegua de Rebecca.

Adam sonrió, era una sonrisa sospechosamente parecida a la de su padre.

–¿No te parece que Spectar podría ser algo nerviosa para ella?

–Lexie monta bien. Spectar es perfecta para ella. Pero… ¿estás seguro de que puedes fiarte de mí? Lexie es una mujer muy hermosa.

Adam se echó a reír.

–Ninguno de los dos ha roto nunca el pacto que hicimos, no vas a empezar ahora.

Años atrás, borrachos, habían acordado que ninguno de los dos saldría con una mujer con la que el otro hubiera salido antes. Habían cumplido el pacto… hasta el momento.

–Además, Alexia es demasiado seria e intelectual para que tú te intereses por ella –añadió Adam.

Era como si estuvieran hablando de mujeres distintas. Rafe había visto su lado serio e intelectual, pero también sabía que era una mujer divertida e impulsiva, algo que ella le había ocultado a Adam porque pensaba que no era apropiado.

–Además, es demasiado joven para ti –anunció Adam en tono triunfal.

Rafe se limitó a mirar a su hermano mayor.

–Por favor, no me mires así. Sé que sois más iguales en edad; pero, al contrario que a ti, a mí me gustan las mujeres más jóvenes.

–Tienes razón –al menos en teoría–. Pero Alexia me gusta, Adam. Y ella realmente quiere que vuestra relación funcione.

–Y yo.

–En ese caso, pasa más tiempo con ella.

–Tan pronto como me sea posible. Si papá no se hubiera precipitado de esta manera, yo lo habría organizado adecuadamente.

Rafe miró a su hermano con incomprensión. ¿Organizado adecuadamente? De organizar adecuadamente una relación se perdería la oportunidad de verla bailando con los ojos cerrados, de verla a la luz de la luna bajo un roble, de verla sudar sobre una cinta de gimnasio...

Volvió a mirar a Adam con detenimiento y se dio cuenta de que su hermano estaba pensando en solucionar problemas diplomáticos.

–Te portarás bien con ella, ¿verdad?

Adam agrandó los ojos.

–Viniendo de ti, es un atrevimiento; pero sí, lo haré. He organizado una cena esta noche. Una cena especial, con velas y música suave. Le pediré la mano formalmente y le daré el anillo de compromiso que he encargado.

Rafe sintió algo sospechosamente parecido a los celos. Nunca había sentido algo así.

–Y esta noche no me dormiré durante el trayecto de vuelta a casa –añadió Adam.

Rafe se recostó en el respaldo del asiento.

–¿Qué? ¿Quieres decir que la otra noche...?

–Me dormí en la limusina al volver de cenar –Adam se encogió de hombros–. Estaba cansado y había tenido un día muy pesado.

–¿Que te dormiste?

¿Cómo podía dormirse un hombre estando con Lexie?

–Esta noche estaré más descansado.

Tratando de no pensar en Adam descansado con Lexie a su lado, Rafe se levantó y se marchó.

–¿A qué reunión ha tenido que marchase Adam? –preguntó Lexie mientras cabalgaban.

Llevaban ya una hora a caballo y ésa era la primera vez que Alexia mencionaba la ausencia de Adam, la primera vez que hablaba de algo que no fueran educadas preguntas sobre los campos en los que estaban y sobre la flora y la fauna de San Philippe.

Alexia llevaba el pelo recogido en una cola de caballo que se agitó al volver la cabeza.

–Una reunión sobre el Jardín Global. A alguien se le ocurrió una brillante idea para las fiestas del aniversario y ha resultado ser una pesadilla diplomática. Adam se ha visto involucrado a pesar suyo. Créeme, preferiría mil veces estar aquí a estar donde está ahora.

Y habría sido mejor para los tres, sobre todo para Lexie.

–No me habría importado salir a montar sola o no salir. Adam ha dicho que mañana estará libre.

Rafe se aclaró la garganta.

–Al parecer, mañana va a llover y va a haber tormentas.

–Oh.

Durante un rato sólo se oyeron los cascos de los caballos en el bosque; entre tanto, él se estaba torturando con pensamientos inapropiados respecto a ella. Pensamientos que le urgían a actuar. La tortura era exquisita e insoportable. Distancia, lo que tenía que hacer era mantenerse lejos de ella.

—Espero no haber interrumpido nada que tuvieras que hacer —dijo ella con un ligero tono mordaz.

—No. Cuando estoy en palacio, suelo salir a cabalgar a diario.

—Lo mismo que yo.

—No te arrepientes de haber venido, ¿verdad?

Quizá se marchara. Rafe no sabía si eso lo aliviaría o lo desilusionaría.

—No, desde luego que no, me encanta esto. Sólo espero no ser una molestia.

—No, no molestas.

—Noto cierta frustración en tu voz.

Si ella supiera la causa…

—No imagines que es por ti.

—¿Tienes otros motivos?

—No me creerías si te lo contara. ¡Duque! —Rafe llamó al perro, que había desaparecido entre la maleza.

—¿Qué estarías haciendo ahora si Adam no te hubiera pedido que hicieras de niñera conmigo? —la pregunta era casi un desafío.

—No eres un bebé, Lexie —no, ni mucho menos—. Y estar contigo no es un esfuerzo.

Sin tener en cuenta el esfuerzo por controlar sus pensamientos.

–No me diste esa impresión el otro día cuando te oí hablando con Adam por teléfono.

–Estaba enfadado con Adam, pero eso no tenía nada que ver contigo –cosa que era mentira, tenía mucho que ver con ella.

–Bueno, dime, ¿qué estarías haciendo ahora si no estuvieras ocupando el lugar de Adam?

–Nada –respondió Rafe simplemente.

–No sé si creerte, porque hace un rato, antes de salir, te vi en tu despacho.

–¿Cuándo? –Rafe no la había visto por la mañana.

Lexie se encogió de hombros.

–A media mañana. Yo iba camino de mi habitación y, al pasar por delante de tu despacho, te vi.

–¿Y?

–Y estabas en tu escritorio hablando por teléfono y escribiendo al mismo tiempo. Parecías muy ocupado –Lexie le lanzó una profunda mirada–. Se te veía muy serio. Por cierto, las gafas te sientan muy bien.

Rafe ignoró el comentario sobre las gafas para no volver al palacio por ellas y ponérselas. Y era verdad, aquella mañana había tenido que hacer docenas de llamadas telefónicas.

–A veces, las apariencias engañan.

–En cualquier caso, te agradezco que te hayas tomado la molestia de acompañarme.

–Entre tú o las llamadas telefónicas y papeleos… En fin, no ha sido una elección difícil –aunque no era la más sabia.

–¿Estabas ocupado con lo del zoológico o con lo de los niños del hospital?

Rafe se la quedó mirando.

–He tratado de informarme sobre lo que hacéis. Todos vosotros –añadió ella.

–¿Cómo?

–He estado charlando con el secretario de Adam, Martin. Él me ha hablado de las diferentes obras de caridad que patrocináis y de las fundaciones que presidís. La lista es interminable. También me ha contado lo de tu proyecto de recaudación de fondos para montar un gimnasio en el hospital y que tú, personalmente, eres patrocinador y entrenador del equipo de polo de los hijos de los empleados del palacio. Martin, al parecer, te adora.

–El pequeño Martin es uno de los mejores jugadores y muy dedicado a ello, siempre llega el primero a los entrenamientos por temprano que sean –Rafe sonrió–. Tiene mucha energía, no para, excepto cuando se monta en un caballo.

Pero Rafe no quería hablar de sí mismo con esa mujer, no quería verla aprobar su comportamiento ni que mostrara cariño por él.

–Me encantaría ver algún entrenamiento –comentó ella, casi pidiendo permiso.

El hecho de querer que Lexie viera a los chicos, demostrarle lo bien que jugaban, le advirtió en contra de hacerlo.

–Dile a Adam que te lleve cuando pueda.

Lexie trató de ocultar la sorpresa que le causó aquella respuesta no esperada.

–Cada uno de nosotros nos dedicamos a cosas diferentes –añadió Rafe para suavizar la tensión. Lexie tenía que darse cuenta de que era lo mejor, a menos que fuera sólo él quien luchaba contra pensamientos y deseos inapropiados–. Yo me dedico a lo que me divierte. Los deberes de Adam, como príncipe heredero, tienden a tener un cariz más político que los míos.

–Adam es muy diplomático, ¿verdad?

–Sí. Y lo del Jardín Global es un asunto que no puede evitar. Adam conoce hasta el último detalle y, lo que es más importante, sabe calmar los ánimos.

–Sí, lo comprendo. Pero… ¿crees que podrías explicármelo? Lo digo por si debería aprender sobre ese tipo de cosas en caso de que… –en caso de que se casara con Adam y se convirtiera en princesa–. Tengo entendido que el asunto empezó hace dos años, pero es lo que pasa a veces con esas cosas.

Lexie lo miró con sus ojos verdes brillantes y curiosos.

–No, no puedo explicártelo –mejor era que Adam se lo explicara.

–¿No puedes?

–No quiero –volvía a las mismas, demostrando que no era ni la mitad de lo diplomático que era su hermano–. Es un asunto mortalmente aburrido. Si realmente te interesa el tema, habla con Adam, a él le encantará que muestres interés por eso. O también podrías hablar con Martin. Por el contrario, si te hablara yo del asunto acabaríamos aburridos los dos.

–Quizá quiera aburrirme.

Rafe esperaba que su hermano apreciara los sacrificios que Lexie estaba haciendo por él.

–Y quizá yo no quiera aburrirte.

El sendero fue ensanchándose según se iba abriendo el bosque hacia un verde valle.

–Vamos –Rafe espoleó a su montura para ir al trote mientras Duque corría por delante de ellos.

Rafe oyó los cascos de la yegua de Lexie a sus espaldas y también la risa de ella. Cuando le alcanzó, vio entusiasmo en su rostro. Volvió a espolear a su caballo para subir una colina y Lexie cabalgó a su lado. En la cima, volvieron a cabalgar al paso. A sus pies, girando trescientos sesenta grados, las tierras del palacio, bosques y tierras de cultivo, se extendían. En otro montículo delante de ellos estaban las ruinas de una vieja iglesia de piedra. Y ahora que la vista era amplia, pudo ver las nubes que los árboles del bosque le habían impedido ver.

Lexie se volvió encima de la yegua para contemplar las vistas.

–Mira, desde aquí, por encima de las copas de los árboles, se ven las torres del palacio. Es precioso. Es casi mágico.

Lo mismo que el rubor de las mejillas de ella y el brillo de sus ojos.

–Me temo que la lluvia no se va a hacer esperar hasta mañana.

Pero Lexie no dejó que sus palabras aminorasen su entusiasmo.

–Me encanta la lluvia.

–¿Aunque te cale hasta los huesos?

Lexie lo miró entonces.

–No, eso no. A menos que después me esté esperando un baño caliente.

¿Hacía a propósito eso de sugerir imágenes eróticas? Fácilmente podía imaginar su cuerpo desnudo cubierto por las burbujas de jabón, sus pechos apenas bajo la superficie…

–Rafe…

Él se aclaró la garganta.

–Perdona, estaba pensando.

«En ti, desnuda». Unos pensamientos centrados en una mujer que sólo pensaba en su hermano.

La primera gota de agua le cayó en la mano, seguida de otra. Lexie alzó el rostro y cerró los ojos, igual que la noche del club. ¿Haría el amor así también?

–Vamos, será mejor que regresemos.

–Podríamos refugiarnos en esa vieja iglesia.

–No, casi no le queda tejado.

No le parecía buena idea refugiarse allí con Lexie. No le parecía buena idea estar a solas con Lexie en ninguna parte. Tenía que mantener las distancias con ella. Esa noche Lexie iba a cenar con Adam, quería casarse con él.

–Será mejor que regresemos. Va a empezar a llover en serio.

La lluvia comenzó a caer copiosamente. Iban a mojarse. Iban a calárseles los huesos. Mejor eso que…

Rafe espoleó al caballo para avanzar sin mirar atrás con el fin de cerciorarse de que ella lo seguía.

De vuelta en el palacio, dejaron los caballos en manos de los mozos de cuadra. La lluvia había sido ligera y breve. Protegidos en parte por los árboles, se habían mojado, pero no estaban empapados. Por suerte.

O no, dependiendo de cómo se mirase.

Se dirigieron a sus habitaciones por la parte posterior del palacio. El tejido de la blusa de Lexie era tan fino que se le había pegado al cuerpo y, aunque no era transparente, él vio que llevaba un sujetador azul con diminutos lunares blancos.

—Debió de ser divertido vivir aquí de niño –dijo Lexie mientras subían una escalera.

—Supongo que sí, aunque no me daba cuenta de ello.

Rafe miró hacia el segundo piso; la galería de arte estaba allí.

—Naturalmente. Uno sólo se da cuenta si se distancia de las cosas, si se vive en otro lugar y se viven otras cosas. Dime, ¿te escapaste alguna vez?

—Sí, un par de veces. Era muy difícil, los del equipo de seguridad presentaban un interesante desafío. ¿Y tú?

—Unas cuantas veces. Solía esconderme en el bosque. Ya sabes, el bosque en el que…

104

–Sí, ya lo sé –el bosque en el que la había encontrado–. Mi especialidad era esconderme dentro del palacio.

–¿En serio?

–¿No me crees?

–¿No era demasiado fácil… para ti?

–No cuando tenía diez años. Partes del palacio tienen cientos de años de antigüedad y hay montones de escondites. También hay lugares en los que uno pasa desapercibido; por ejemplo, hay una sala en lo alto de la torre sur con magníficas vistas y a la que nadie va casi nunca –Rafe dio unas palmadas a la armadura en lo alto de la escalera–. Era muy difícil ponerse la armadura sin ayuda y, aunque consiguieras ponértela, no podías moverte luego.

–¿Lo intentaste?

–No puedes imaginar la que se monta cuando te caes con ella puesta.

Lexie se echó a reír al tiempo que Rafe, por fin, se dio cuenta de lo que era el ruido procedente de la galería y que se incrementaba por momentos. Entonces, lanzó una maldición.

–¿Qué pasa?

–Niños que vienen con el colegio. Maldito aniversario. Me lo han dicho esta mañana, pero se me había olvidado. Venga, vámonos.

Rafe le agarró la mano y la llevó a un pasillo. Lexie seguía riendo.

–No sabía que te asustaran tanto los niños.

–No son los niños, sino sus cámaras de fotos –Rafe bajó la mirada a los pechos de ella–. No creo que sea la imagen que la realeza quiere proyectar en estos momentos.

Nadie necesitaba saber que la posible futura princesa llevaba un sujetador azul claro con lunares blancos.

Lexie siguió la dirección de la mirada de él y sus ojos se agrandaron.

–¡Dios mío! No me había dado cuenta –su risa se hizo más alta.

Duque seguía con ellos cuando, corriendo, alcanzaron la puerta que él quería. Agarró el picaporte justo en el momento en que oyó a alguien gritar:

–¡Mirad!

Y tiró de ella para que entrase antes de cerrar la puerta.

Lexie se apoyó en la puerta, su delgado cuerpo temblando a causa de la risa.

Rafe también reía mientras le agarraba un brazo.

–Shh –estaban haciendo demasiado ruido.

–Perdona –dijo ella tratando de contener la risa.

Rafe le puso las manos en los hombros. Lexie no tenía idea de lo que le estaba haciendo, de lo mucho que luchaba por reprimir la atracción que sentía por ella.

–Lo estoy intentando, en serio que lo estoy intentando –insistió Lexie riendo más sonoramente.

Y Rafe se dio por vencido. Se acercó y cubrió esos labios con los suyos, absorbiendo su deleite y su sabor.

Lexie se quedó muy quieta, titubeante, y entonces le respondió besándolo a su vez. Enterró los dedos en esos maravillosos y mojados cabellos mientras que con la lengua saboreaba la dulzura de esa boca. Él sintió el deseo de Lexie, un deseo igual que el suyo. Sintió el calor y el fuego que eran la auténtica Lexie.

Lo mismo había pasado en la fiesta de disfraces. El beso cobrando vida propia, avivando las chispas en un fuego abrasador.

Hasta ese momento la había deseado, pero se había negado aquel placer. De lo que no se había dado cuenta era de la profundidad de ese deseo, que ahora ya no podía negar.

La razón le abandonó cuando sintió contra su cuerpo los húmedos senos de ella, que le habían atormentado durante los últimos veinte minutos.

Rafe cerró los ojos, perdido en la embriagadora sensación, sumergido en ella. Ninguna boca ni ningún cuerpo se habían ajustado a los de él con tanta perfección. Jamás había deseado tanto a una mujer. Quería besarla toda la vida, saborear aquella dulce perfección.

Su mujer. La deseaba. Y a ninguna otra.

La estrechó contra su cuerpo y deslizó la mano por debajo de la blusa de ella. La fría piel de sus palmas entró en contacto con la húmeda curva de la cintura de ella.

Lexie jadeó y se quedó muy quieta.

Demasiado tarde, Rafe recordó con nauseabunda claridad quién era y lo que estaba haciendo.

Se detuvo respirando pesadamente. Tragó saliva y, por primera vez, no supo qué decir. ¿Qué podía decir? Aquel beso, al contrario que los otros, no había sido accidental.

No había máscaras, sabía a quién estaba besando. Tampoco se trataba de un beso en la mejilla que había acabado en los labios.

Había querido besarla y, en el momento en que sus labios habían entrado en contacto, lo había querido todo de ella. Toda ella.

Y era la novia de su hermano.

–Lexie, lo siento, no debería haber ocurrido.

–Yo también lo siento –respondió ella.

Pero Lexie no estaba enfadada, como debería haberlo estado, sino angustiada.

Y Rafe la vio abrir y cruzar el umbral de la puerta con la blusa suelta y parcialmente salida de los pantalones.

–Lexie…

Ella no se volvió y continuó caminando.

Capítulo Ocho

El sombrero no lograba protegerla del sol de San Philippe en el desfile del aniversario. El público, aplaudiendo y agitando banderas, algunos vestidos con los colores nacionales y otros con trajes tradicionales, ocupaba las calles.

Sintiéndose un auténtico fraude, recorrió el pasillo del piso superior descubierto del autobús que iba a la cola del desfile. El autobús llevaba a la familia real, a altos dignatarios y a otros invitados. Pero no a su madre, que se había marchado temprano aquella mañana después de que ambas mantuvieran una breve conversación.

Había estado sentada junto a Adam en la parte delantera del autobús durante un rato, pero tenía que hacer una cosa y le parecía que allí, en público, podía pasar más desapercibida.

Se sentó discretamente al lado de Rafe. No le había visto ni había vuelto a hablar con él desde el beso. Él continuó saludando al público sin mirarla. Quizá fuera más fácil así, con la cabeza vuelta; de esa manera, evitaría ver desdén en su mirada.

—No me voy a marchar.

–El asiento estaba libre, me da igual que lo ocupes tú.

Lexie apretó los dientes y lo intentó de nuevo.

–Me refería a que no me voy a marchar de San Philippe.

Rafe volvió la cabeza para mirarla.

–Ya me he dado cuenta de eso.

–Le he dicho a Adam lo de…

Rafe alzó una mano y saludó al gentío.

–Lo sé –dijo él sin mirarla–. Yo también.

–Adam quiere que me quede y yo he accedido.

Rafe la miró a las manos. Ella no le dio explicaciones respecto a la ausencia de un anillo. De hecho, Adam había querido que se lo pusiera, pero ella se había sentido incapaz de llevar tan lejos el engaño; sin embargo, por Adam y a pesar de que el compromiso entre ellos se había cancelado, había accedido a quedarse y a aparecer junto a él durante una semana más. Había programadas varias apariciones de ellos dos juntos, como aquel desfile y el baile y la cena de veteranos del día siguiente.

También había accedido a mantener en secreto su acuerdo. No iban a decírselo a nadie de su familia, ni siquiera a Rafe.

Lo harían público después de que ella se fuera.

En un esfuerzo por sumergirse en el entusiasmo de la gente, Lexie saludó vigorosamente.

–Caí en tu trampa. Te has salido con la tuya

–quería que Rafe se enterase de que ella se había dado cuenta de lo que se había propuesto.

–¿Mi trampa? –Rafe volvió la cabeza y la miró con el ceño fruncido.

–Desde el principio me dijiste que ibas a estar observándome, que creías que no me merecía a Adam y que harías lo posible por enviarme de vuelta a mi casa. Has tratado de demostrar que no estoy enamorada de Adam.

En realidad, Rafe sólo había precipitado una decisión que ella habría tomado de todas formas.

–No es necesario que hablemos de esto –dijo él con sequedad.

Pero ella no le había dicho todavía lo más importante y bajó la voz.

–Sólo quería decirte que lo siento.

–¿Que lo sientes? –Rafe dejó de saludar y la miró juntando las cejas.

–Sí. Lo siento por la parte que yo he jugado.

Rafe sacudió la cabeza y volvió el rostro de nuevo hacia la multitud.

–Basta. Tú no has tenido la culpa.

–Soy responsable de mi debilidad.

–La debilidad fue mía –Rafe se puso en pie y pasó por delante de ella–. He visto a una persona con quien tengo que hablar.

Mientras se alejaba, Lexie se encogió en su asiento. Ya había acabado.

***

Rafe estaba de pie junto a las cortinas de terciopelo de los ventanales del salón de fiestas. Se había equivocado al pensar que sus problemas se habían acabado.

Necesitaba hacer algo para no pensar en aquella prueba; porque era eso, una prueba. Inesperadamente habían llamado a su hermano para otra reunión, y Adam le había dejado encargado que enseñara a Lexie el baile popular.

La relación entre ellos dos era tensa desde que le confesó a Adam que había besado a Lexie, aunque le había sorprendido la falta de cólera en el enfado de su hermano. De haberse intercambiado los papeles, él jamás se habría mostrado tan comprensivo como Adam.

Al final, le había asegurado a su hermano que no volvería a suceder.

Pero Rafe no había podido evitar revivir el beso en sueños, el roce de sus labios, sus cuerpos juntos…

Todo sería más fácil si Adam y Lexie parecieran más felices juntos, pero algo no andaba bien entre ellos; y no ahora, sino desde el principio. Por suerte, los medios de comunicación no habían reparado en ello, sólo una columnista había insinuado que la relación de la pareja carecía de chispa.

Y ahora eso.

El baile folclórico tenía sus complejidades e intimidades, y los príncipes y sus parejas debían bailar de forma diferente a los demás en la gala del aniversario. Al menos, eso era lo que Adam y él les habían contado a todas sus novias.

Y a los dos les había gustado demasiado enseñar a sus parejas a bailar aquella danza, conscientes de las miradas seductoras y los roces con las palmas de las manos.

Y ahora Adam quería que enseñara a Alexia a bailar, y él tenía que evitar seducir a Alexia o ser seducido por ella.

Por supuesto, podía deberse a que Adam quería demostrarles que confiaba en ellos. En cualquier caso, para él era un problema bailar con Lexie sabiendo que iba a casarse con su hermano.

Se volvió en el momento en que Lexie entró en el salón. Llevaba el cabello recogido, una sencilla blusa de seda y una falda a media pierna. Sus dedos sin anillos. ¿Dónde estaba el anillo de Adam?

Ella se adentró en el salón despacio y con cautela.

—Siento que tengas que hacer eso —le dijo Lexie mirando a su alrededor—. Sé que estás ocupado.

—No lo sientas. Y no estoy ocupado —mintió Rafe. No tenía sentido hacerla sentirse mal también.

—Sí, lo estás.

Rafe ya tenía la música preparada, sólo le faltaba apretar un botón.

—¿Conoces los pasos básicos?

—Los aprendí de pequeña y he seguido un curso de este baile por Internet, pero no es lo mismo que bailar con alguien.

—No, no es lo mismo, pero es un baile muy sencillo. No nos llevará mucho tiempo.

Lexie estaba en medio del salón. El sol se filtraba por los ventanales y le hacía brillar el cabello.

Rafe sacudió la cabeza imperceptiblemente y se acercó a ella.

–Supongo que sabes la historia que hay detrás de esta música y esta danza.

–Era uno de mis cuentos preferidos cuando era pequeña.

Rafe sintió un gran alivio, no quería hablar del hombre y la mujer que, sin fiarse el uno del otro al principio, acabaron siendo amantes y viéndose clandestinamente en contra de la voluntad de sus respectivas familias; al final, se escaparon, cruzaron los Alpes y acabaron en San Philippe.

–Se empieza normal –Rafe dio una vuelta a su alrededor mientras ella permanecía quieta y mirando hacia delante. Durante la segunda vuelta Lexie le siguió con la mirada. A la tercera ambos se tocaron las palmas de las manos.

El simple roce le hizo temblar. Sólo, se dijo a sí mismo, porque tocarla a partir de ahora le estaba prohibido. «Cuñada, cuñada», se repitió en silencio una y otra vez mientras continuaban con los pasos de la danza.

–Ya lo tienes más o menos –dijo él al cabo de diez minutos de tortura.

«Cuñada, cuñada».

–Ahora ponme las manos en los hombros y mírame al dar un paso a la izquierda.

Rafe le colocó las manos en la cintura. Tenía que irse de allí, quizá se fuera a Nueva York o…

¿por qué no a Viena? Podía ir allí, siempre le había gustado la capital de Austria.

Lexie se tropezó con él al equivocarse y girar a la derecha en vez de a la izquierda. Instintivamente, Rafe la sujetó con más fuerza para evitar que se cayera y, durante unos segundos, sus cuerpos enteros entraron en contacto.

Los dos dieron un salto atrás y, evitando mirarse, volvieron a unirse para continuar con el baile.

–Lo siento, me he distraído –se disculpó Lexie.

–Es fácil equivocarse. No te preocupes, lo estás haciendo muy bien.

–Gracias –respondió ella con voz tensa.

Continuaron bailando en silencio. Podía hacerlo, podía bailar con ella y no besarla ni abrazarla, podía bailar con ella y no desear hacer el amor con ella.

Ya casi habían terminado. Treinta segundos más y lo habría conseguido…

Rafe la hizo girar y volvió a agarrarla con el fin de que acabaran el baile con ella a un lado de él pero en el círculo de sus brazos. Cuando ambos hicieron una pequeña reverencia al final de la danza, él dio gracias al cielo porque hubiera acabado.

–¿Ya hemos terminado? –preguntó Lexie con evidente alivio.

–Sí –Rafe se apartó de ella y comenzó a caminar hacia la puerta.

Rafe le cedió el paso. Ahí era donde se despedía. Si podía tomar un avión en unas horas sería lo mejor para todos. Pero si se marchaba, ésos eran los últimos minutos que iba a pasar con ella.

Estar con Lexie era un tormento y, sin embargo, era mejor que no estar con ella. Por eso caminaron juntos por el palacio. Llegaron a la puerta de la habitación de Lexie demasiado pronto. Ahora, lo único que tenía que hacer era irse. Y lo haría, era lo suficientemente fuerte para ello.

La miró. La belleza de Lexie le resultaba irresistible. Por eso se marchaba.

Lexie esbozó una leve sonrisa, casi triste, pero le comió con los ojos. Él reconoció ese deseo, el mismo que el suyo.

—No me mires así, Lexie. Soy humano.

Lexie dio un paso atrás y se cruzó de brazos mientras sacudía la cabeza.

—No te estaba mirando... así.

—Sí me estabas mirando así. Me deseas.

Lexie se quedó boquiabierta.

—Es la verdad. ¿Por qué vas a casarte con mi hermano si a quien miras así es a mí?

El hermano que la respetaba y a quien le caía bien, pero que no la amaba.

Lexie bajó los ojos.

—Adam es bueno, amable y un hombre de honor —pero no había contestado a la pregunta.

—Se te ha olvidado noble y dulce.

—Tienes razón, también es noble y dulce.

—Y encantador.

—Sí, y encantador.

—Entonces, ¿por qué piensas en mí?

116

–No pienso en ti.

–Sí. Me miras y piensas en mí. Piensas en mí acariciándote –Rafe alzó una mano y le rozó la mandíbula con las yemas de los dedos. La sintió temblar.

Con un gesto brusco, ella volvió la cabeza y la apartó.

–Eres el último hombre del mundo en el que pensaría.

¿A quién creía que engañaba?, se preguntó Rafe dando un paso hacia ella. Lexie volvió a dar un paso atrás, parando al toparse con la puerta.

–El primero, el último y todos los que hay entre medias.

–No –respondió Lexie en un susurro.

–Vas a cometer una equivocación casándote con Adam. Será malo para ti y para él. No lo hagas.

–No. No voy a hacerlo –murmuró Lexie.

La respuesta de ella no parecía tener sentido, pero la atracción le superó. Se marchaba. Se iría para siempre si no había otro remedio. Pero iba a besarla.

Una vez más.

Un beso para demostrarle que no debía casarse con su hermano, un beso para demostrarle que era tan depravado como decían en los periódicos.

Rafe bajó la cabeza y ella cerró los ojos. Tan joven, tan inocente.

Con una fuerza de voluntad que no sabía que poseía, Rafe se apartó de ella.

Lexie abrió los ojos y lo miró fijamente.

–No voy a casarme con Adam.

Y, de repente, Lexie tenía las manos enterradas en sus cabellos, tirando de él, apretándose contra él, besándolo...

Sus bocas se unieron en un perfecto beso. Ella sabía a dulce y a sol.

Rafe interrumpió el beso.

–Di eso otra vez –necesitaba oír otra vez esas palabras que tenían todo el sentido del mundo.

–No voy a casarme con Adam. Hemos roto.

Lexie lo abrazó y su beso fue todo lo que él necesitaba y quería en el mundo. Ella era su perfección.

Aún besándose, entraron en la habitación y él cerró la puerta a sus espaldas. Lexie suspiró y se rindió a él.

Y Rafe casi se perdió en ese beso.

Sobrecogido por las emociones, la razón lo abandonó.

–¿Cuándo? –preguntó Rafe unos minutos más tarde.

–Después de que te besara la última vez. Me di cuenta de que...

La estrechó contra sí, cadera con cadera, suavidad contra dureza. Aprendió desesperadamente los contornos de aquel cuerpo con las manos, deslizándolas por debajo de la blusa, tocando la caliente piel más suave que la seda, las caderas, la cintura, llenándose de ella, saboreándola, oliéndola.

La lengua de Lexie bailó con la suya, buscando y explorando. Todo ardiente pasión. Le puso las manos en los senos, le acarició los pezones con las yemas de los pulgares.

–¿Por qué? –oyó sus propias dudas, sintió desesperación.

Lexie vaciló antes de contestar:

–Porque no lo amo. No puedo amarlo como querría.

¿Sería una locura decirle que había oído las palabras que necesitaba oír? Con impaciencia, le desabrochó el botón superior de la blusa.

–Se lo ha tomado muy bien.

Lo que significaba que su hermano era tonto.

–Creo que en el fondo ha sentido alivio.

No tanto como él. Le desabrochó el siguiente botón.

–¿Por qué sigues aquí entonces?

–Por Adam.

Rafe frunció el ceño y sus dedos se detuvieron en el tercer botón.

–¿Sientes algo por él todavía?

–No. Le dije que me quedaría para asistir a las funciones ya programadas y en las que se espera mi asistencia. No se vería bien que me marchara tan pronto. Correrían los rumores. Me marcharé después del bautizo.

Rafe continuó su exploración con las manos.

–Al final, me he enterado de que Adam había consentido comprometerse conmigo sólo por complacer a vuestro padre y por el país. Al parecer, una boda real, cualquiera, sería buena para la moral del país. Tiene gracia que a nadie se le hubiera ocurrido mencionármelo.

–¿No estás enfadada con él?

Lexie se encogió de hombros.

–No estaba en posición de hacerme la digna.

Rafe le desabrochó el cuarto y último botón. Con una profunda sensación de logro y victoria, abrió la blusa y contempló la cremosa piel y los senos cubiertos de encaje.

Contuvo la respiración antes de pasar un dedo por el borde del encaje.

–¿Por qué no me lo dijiste antes?

–Porque no quería que ocurriera esto.

Rafe se detuvo.

–¿Por qué me lo has dicho ahora?

–Porque ahora… ahora quiero que ocurra. No puedo soportarlo más… lo que te deseo. Pero no he roto con él por ti. Habíamos acordado mantenerlo en secreto, pero…

Rafe no necesitaba «peros». Lexie no estaba comprometida con su hermano y la euforia que eso le producía restaba importancia a todo lo demás.

Tomó el dulce rostro de ella en sus manos y volvió a besarla. Quería imprimir en su memoria toda ella, hasta el último milímetro de su cuerpo.

Lexie no iba a casarse con Adam. No amaba a su hermano. Su hermano no la amaba. Eso era lo único que necesitaba saber.

Lexie, con manos enfebrecidas, le acarició la cabeza. Él le besó los labios, los ojos, la mandíbula, la garganta. Descubrió con las manos la exquisita forma del cuerpo de ella mientras la llevaba a la ancha cama en medio de la habitación. Le abrió la camisa más, le besó los pechos por encima del sujetador y se apoderó de los pezones bajo el encaje.

La dulce Lexie se arqueó hacia él.

Rafe le quitó la blusa, deleitándose en la pálida y hermosa piel. Le desabrochó el botón de la falda, le bajó la cremallera y dejó caer la prenda al suelo. Lexie se quedó delante de él cubierta sólo por unas tiras de encaje y los zapatos.

Casi perfecta.

Le soltó el pelo y dejó que le cayera sobre las manos. Le desabrochó el sujetador y los senos quedaron libres. Tiró el sujetador y luego le deslizó las bragas por las piernas. Casi sin respiración, la miró, su sueño realizado por fin.

Ahora sí era perfecta.

Y Rafe se sintió honrado y humilde.

Lexie sonrió perezosa y sensualmente. Con una ligera vacilación, fue a agarrarle el cinturón de los pantalones. La pasión sustituyó a la vacilación mientras ella le desabrochaba el cinturón y el botón y le bajaba la cremallera.

Rafe se quitó la camiseta, los zapatos y los pantalones. Se quedó muy quieto cuando esas delicadas manos le acariciaron el torso.

Lexie era una sirena. Atrevida, hermosa y sonriente.

Rafe no podía soportarlo más y la tumbó en la

cama. Le subió los brazos por encima de la cabeza y, mientras la sujetaba por las muñecas con una mano, con la otra comenzó a acariciarle el cuerpo.

Deslizó la mano por un pálido muslo, subiéndola hasta cubrirle el triángulo, y ella se arqueó. La vio cerrar los ojos, tal y como había soñado que haría.

Le dio placer hasta hacerla agitar la cabeza de un lado a otro con respiración entrecortada.

Lo único que él quería era darle placer.

Le cubrió los labios con los suyos otra vez y frotó su cuerpo con el suyo. Lexie separó las piernas para recibirle mientras él se adentraba en las profundidades de aquella mujer, sumergiéndose en su calor. Lexie abrió los ojos y quedaron mirándose mientras Rafe se movía dentro de ella.

Quedos gemidos de placer escaparon de los labios de Lexie, volviéndole loco de pasión. El ritmo de sus cuerpos se aceleró. El mundo a su alrededor dejó de existir. Sólo ella y él.

Cuando Lexie gritó su nombre, él se perdió en ella.

Después, Lexie reposó en el círculo de sus brazos, sus cabellos desparramados por la almohada. Y mientras la observaba, Rafe sintió una extraña sensación de bienestar.

Capítulo Nueve

Lexie estaba de pie entre Adam y Rebecca en el lugar reservado para la familia real e intentando disfrutar los fuegos artificiales de las fiestas del aniversario. Fiel al acuerdo con Adam, se había sentado a su lado durante una cena más y ahora llevaba allí media hora. Pero no podía dejar de pensar en Rafe, también presente allí.

Rafe, con quien se había acostado.

Oyó los «aaaahs» y los «oooohs» de la gente, pero seguía mirando a Rafe de soslayo. Era mucho más hipnotizante que los fuegos artificiales.

Junto a los miembros de la familia real, ocupando un lugar de honor, estaban los adolescentes del equipo de polo de Rafe, a quienes se les había prometido ese privilegio si ganaban el partido. Y lo habían hecho. Rafe era maravilloso con los chicos y éstos lo adoraban.

Mientras Rafe se agachaba para hablar con un hombre mayor en una silla de ruedas, Lexie comenzó a divagar.

No había visto a Rafe desde el día anterior después de hacer el amor. Ya más tranquilos y tras haber recuperado la razón, aún en la cama abrazados el uno al otro, habían acordado hacer como si nada hubiera ocurrido.

Era lo más razonable, a pesar del vacío que había sentido tras tomar la decisión.

Un compromiso fallido con Adam ya era malo de por sí; una relación con Rafe, el príncipe playboy, podría desencadenar una catástrofe de llegar a oídos de los medios de comunicación.

Pero le echaba de menos desde el día anterior.

Rafe no había hecho intento por ponerse en contacto con ella. Sabía que no lo haría porque eso era lo que habían acordado.

Y era una idiota por querer que lo hiciera.

También sabía que su relación con Rafe no tenía futuro. Los dos querían cosas diferentes.

–¿Qué tal todo con Adam? –le preguntó Rebecca.

–Bien –Lexie no quería hablar de Adam con Rebecca, no quería sumergirse aún más en el engaño–. ¿Quién es el señor con el que está hablando Rafe?

Rebecca siguió la mirada de ella y sonrió.

–Malcolm. Fue nuestro jefe de jardinería durante años. Es un hombre encantador, muy triste verle así. Rafe y él tenían una relación muy especial, estaban muy unidos. Desde pequeño, Rafe es muy activo, y Malcolm tuvo la paciencia de enseñarle cosas prácticas y el amor a la Naturaleza. Todo empezó con las ranas que solía agarrar en el estanque para dárselas a Rafe.

Lexie sonrió.

–Yo, de pequeña, llamaba a Rafe el príncipe rana; desde los ocho años, cuando me tiró una rana.

Rebecca se echó a reír.

–Rafe tuvo una época en la que estaba obsesionado con ellas. Y también con las tortugas. Aquella rana, si no recuerdo mal, se llamaba Arnold... o algo así.

–Arthur.

–Sí, eso es. Papá nos dijo que pensáramos en algo bonito para darte o enseñarte durante tu visita. A Rafe lo mejor que se le ocurrió fue esa rana. Quería enseñártela. Pensó que a los ocho años te interesaría tanto como le había interesado a él a esa edad. Adam y yo tratamos de convencerle de que no era buena idea, pero él no nos hizo caso. Adam le dio un manotazo para que no te enseñara la rana y fue cuando la rana saltó y cayó encima de ti.

–¿Adam le dio un manotazo? Yo creía que Rafe me la había tirado.

Rebecca continuaba sonriendo.

–Todavía me acuerdo de la que se montó. Acabamos todos a cuatro patas buscando a la rana. Papá se enfadó. Rafe tuvo que llevar a la rana al estanque y dejarla allí; es más, desde entonces se le prohibió tener ranas.

Lexie vio la necesidad de revisar el incidente que había sido fundamental respecto a su admiración por Adam y su desagrado hacia Rafe desde entonces.

Y se había equivocado.

Rafe no había intentado asustarla, sino todo lo contrario. Y por su culpa, Rafe había perdido a su rana.

Rebecca miró de nuevo en dirección a Rafe.

–Es una suerte que Adelaide, la nieta de Malcolm, haya venido para pasar el verano con él. Llegó hace un par de días.

Lexie miró a la mujer colocada detrás de Malcolm. Era la misma mujer que había visto hablando con Rafe en la puerta de una casa unas noches atrás. El corazón le dio un vuelco. En el momento de verlos, había pensado que Rafe tenía relaciones ilícitas con ella.

En ese momento, Adelaide se quitó las gafas de sol y ella vio lo joven que era, aún una adolescente. Entonces un joven se acercó, puso un brazo sobre los hombros de Adelaide y ésta se sonrojó.

Y Lexie volvió a sentirse culpable. Había estado convencida de que Rafe tenía relaciones con la joven y él no había hecho nada por defenderse ni por aclarar la situación. Sólo le había dicho que no había nada y ella no le había creído.

La personalidad de Rafe no se ajustaba a la opinión general sobre él. Rafe dejaba que la gente pensara lo peor sin defenderse.

Y ahí en público, con las cámaras centradas en ellos, no podía acercársele para pedirle disculpas. Tampoco podía hacerlo en privado. El riesgo era demasiado grande.

No podía acercarse a él.

***

Lexie contempló con horror los periódicos que tenía abiertos encima de la cama.

Tenía que ponerse en contacto con Rafe.

Tras respirar profundamente, agarró el teléfono y la tarjeta con su número privado y llamó. Era demasiado temprano, pero no quería que se marchara antes de haber hablado con él.

—¿Sí? –le oyó decir con voz ronca.

—Siento despertarte. Si quieres te llamo más tarde.

—Ya estoy despierto. ¿Qué pasa, Lex?

—¿Aparte de que nos hemos acostado juntos? –Lexie volvió a clavar los ojos en los periódicos. Silencio. –¿Podría verte? Se trata de los periódicos.

—No deberías prestarles atención.

—Por favor, Rafe. Deberías ver esto. No sé qué hacer. Sé que tengo que decírselo a Adam, pero preferiría hablar contigo primero.

—¿Sabes dónde está mi despacho?

—Sí –la oficina de Rafe era territorio neutral, no había nada tentador en ella.

—¿Podrías estar allí dentro de veinte minutos?

—Sí. Gracias.

Cuando Lexie llegó allí, se quedó esperando delante de la puerta. Se había vestido con lo que más a mano tenía, unos vaqueros y una blusa blanca. Había llegado con cinco minutos de adelanto, una equivocación porque cualquiera que pasara podría verla esperando a Rafe. ¿Corrían ya los rumores por el palacio? Por lo que sabía, nadie les había visto, pero…

Apretó contra sí el periódico matutino de San Philippe y el del día anterior de Boston. Le habían llevado los periódicos a su habitación temprano, como todos los días desde que estaba allí. Al ver el primero se le había caído algo de café en la cama, al ver el segundo se había olvidado por completo del café.

Rafe apareció por el pasillo en ese momento. Llevaba el cabello mojado y vestía una camisa blanca de lino y unos pantalones vaqueros negros. Tenía aspecto de hombre de mundo y muy varonil, la clase de hombre de la que su madre le había dicho que se mantuviera alejada. Sin embargo, la angustia que había sentido hasta ese momento comenzó a disminuir. Rafe sabría manejar la situación. Había tomado la decisión acertada al acudir a él.

—Hola, Lex.

Rafe paseó la mirada por su cuerpo y ella se esforzó por controlar su pulso y la precipitación de los latidos de su corazón.

—Siento haberte hecho venir, no quería molestarte, pero no sabía a quién recurrir aparte de ti. Además, me habías dado tu número de teléfono por si lo necesitaba y… En fin, no se trata de utilizar mal un cuchillo o una cuchara, también te afecta a ti.

Rafe se apartó de ella y tecleó el código para abrir la puerta de su despacho. Tras abrirla, le cedió el paso.

–Puedes llamarme cuando quieras, Lex. No es necesario que te disculpes.

Lexie se adentró en la estancia. La había visto de pasada, pero no se había fijado en ella. Ahora, mirando a su alrededor, se dio cuenta de que era una habitación preciosa dominada por un enorme escritorio de madera tallada; en esa ocasión, encima del escritorio no había papeles.

Las paredes estaba cubiertas con estanterías llenas de libros y una espesa alfombra silenciaba las pisadas. Las ventanas tenían vistas a los jardines, a los campos y a los bosques. En la distancia, el sol bañaba las cimas de unas montañas con algo de nieve.

–¿Qué ha pasado? –preguntó él–. ¿Es necesario que cierre la puerta?

Lexie notó reticencia en la voz de Rafe, que seguía junto a la puerta, observándola.

–No, no lo creo –se vería mal la puerta cerrada. Podría despertar sospechas, podría dar a entender que había algo que ocultar.

–Siéntate –Rafe le indicó uno de los sillones de cuero delante del escritorio–. Dime qué ha pasado.

Rafe se sentó detrás del escritorio con actitud distante y tensa, no era el amigo que había esperado ver. Pero era bueno que se mostrara distante. Además, podía tener amistad con Adam y Rebecca, pero con Rafe… De momento, lo único importante era decirle lo que había pasado y ver qué se podía hacer.

Ella se marcharía pronto. Rafe, por el contrario, tendría que enfrentarse a las consecuencias.

Lexie dejó los periódicos encima del escritorio y le mostró la primera página del *San Philippe Times*.

Rafe ojeó el artículo, que trataba del supuesto compromiso matrimonial de Adam y ella. Había una foto de la mano izquierda de ella sin anillo y especulaciones sobre los posibles motivos que explicaran la ausencia de la joya.

—Era de esperar —dijo Rafe—. Habrá más artículos como éste, pero pasará pronto. Al fin y al cabo, siempre ocurren cosas más importantes.

Pero no era por eso por lo que ella había ido allí.

—Mira la foto de abajo a la derecha, la foto en la que sales tú.

Los ojos de Rafe encontraron la mencionada foto.

—Y yo. Juntos —añadió Lexie.

Era una foto de ellos en el club de Boston. Parecía como si él la tuviera abrazada, los labios junto a su oído, un gesto íntimo. Por supuesto, nada había ocurrido.

—«¿Podría ser que nuestro otro príncipe estuviera a punto de anunciar también un compromiso matrimonial?» —leyó Rafe en voz alta.

El periodista, en el artículo, contestó a su propia pregunta especulando sobre la personalidad mujeriega del príncipe más joven. Se preguntaba si el menor de los príncipes maduraría y sentaría algún día la cabeza. Enumeraba una larga lista de supuestas novias de Rafe y luego especulaba sobre la identidad de la misteriosa mujer.

Sonaron unos golpes en la puerta y Rafe asintió en dirección a la mujer uniformada que llevaba una bandeja de plata con dos cafés.

La mujer dejó la bandeja y se marchó.

–No sabía si habías tomado café o no –dijo Rafe, señalando las dos tazas.

–Empecé a tomar uno, pero se me cayó encima de la cama –Lexie indicó una mancha en uno de los periódicos.

Rafe le pasó una taza.

–Gracias.

Él se recostó en el respaldo de su asiento e hizo girar la silla para mirar por la ventana mientras bebía un sorbo de café.

–¿Qué crees que deberíamos hacer?

–Sé que dije que no saldríamos en los periódicos y evidentemente me he equivocado, pero no creo que nadie te reconozca. Tu rostro está oscurecido y no pareces tú misma. Yo te reconocí sólo porque estaba allí –Rafe clavó los ojos en la foto otra vez–. Si no supiera que eres tú no te reconocería.

–¿Pero y tú?

Rafe frunció el ceño.

–Lo han malinterpretado, sugieren algo que no es. Están atacando tu reputación y han sacado a relucir a tus otras conquistas –añadió Lexie.

–¿Atacando mi reputación? –Rafe se echó a reír–. Mi reputación está por los suelos, un poco más no me va a afectar. En cuanto a mis conquistas, no habría tenido tiempo ni de la mitad de las que me imputan.

–¿No te enfada?

–¿Para qué gastar energía en algo que no puedo cambiar? Como ya he dicho, ocurrirá algo más importante y se olvidarán de esto.

–¿Y Adam y tu padre?

–¿A qué te refieres?

–Se me ha ocurrido que si yo les explicara lo que pasó…

Rafe sonrió.

–¿Para salvar mi reputación?

–Bueno, sí –parecía una tontería.

Una curiosa expresión afloró a los ojos de él.

–No. Lo único que conseguirías es dañarte a ti misma y sin motivos. Los dos sabemos qué pasó y lo que no pasó.

Lexie no lo comprendía.

–¿Por qué permites que la gente piense lo peor de ti? Lo has hecho con lo de Adelaide, lo hiciste con lo de la rana y ahora vuelves a hacerlo.

–¿La rana?

–Arthur, cuando yo tenía ocho años. Creí que me la tiraste a propósito y que Adam me había salvado. Estaba muy enfadada contigo y ahora lo siento.

–Lex, eso ocurrió hace catorce años, no tiene ninguna importancia.

–Entonces sí que la tuvo.

–Aunque la hubiera tenido, ya no.

–Solía llamarte el príncipe rana.

Rafe se echó a reír.

–Por eso me besaste, para que pasara de rana a príncipe, ¿eh?

Ella también se echó a reír.

–De todos modos, lo siento.

–¿Qué es lo que sientes?

–Haber pensado mal de ti.

Rafe esbozó una tierna sonrisa.

–Eres demasiado buena, Lex. Si dejas que te afecte lo que la gente piense de ti, te harán daño aunque no quieran.

¿Igual que le afectaba lo que él pensara de ella y le haría daño aunque Rafe no quisiera hacérselo?

Manteniéndole la mirada, Rafe dobló los periódicos y los empujó hacia ella.

–Entonces… ¿sugieres que no diga nada?

–Exacto. Sobre todo, ya que nadie te ha preguntado nada. Pero las fotos no son el verdadero problema.

Lexie no iba a preguntar cuál era el problema.

–Nosotros.

Lexie apartó los ojos de los de él para que Rafe no leyera en ellos sus verdaderos sentimientos. Al final, dio la única respuesta posible:

–Lo mismo que con las fotos, lo ignoraremos. Pronto me marcharé y no tendremos que vernos; al fin y al cabo, eso es lo que hemos acordado.

–¿Y sigues queriendo que sea así?

Rafe no mostró ninguna preferencia tras esa pregunta en tono neutro, pero ella suponía que sentía alivio.

–A menos que se te ocurra algo que no implique hacer daño a nadie.

–¿Te refieres a Adam?

Y a ella. Pero no lo dijo.

–Malo va a ser cuando salga a la luz que hemos roto. ¿Puedes imaginar lo que ocurriría si se enterasen de que tú y yo…?

–¿De que tú y yo qué?

–De que hemos dormido juntos.

–¿Es eso todo?

¿A qué estaba jugando Rafe?

–Naturalmente que es todo. Teníamos que quitarnos el gusanillo.

–¿Y te lo has quitado? –preguntó Rafe.

–Sí –mintió ella, consciente de que era la única salida.

Al día siguiente Lexie se levantó al amanecer; le resultó difícil, después de la pesadilla en la que el día anterior acabó convirtiéndose. Recorrió los pasillos del palacio y, por fin fuera, tomó el camino que cruzaba la rosaleda y que la condujo al laberinto.

Un lugar para pensar. Un lugar para encontrar respuestas.

Se adentró entre los setos de un metro de altura y por fin llegó al centro, con su viejo roble.

Muy quieto y observándola desde el banco que rodeaba el tronco del árbol, vio a Rafe. Duque estaba sentado a sus pies.

–No sabía que estabas aquí –dijo ella sentándose en el banco–. No me gustaría molestarte.

–No me molestas, Lex.

Rafe le agarró la mano y entrelazó los dedos con los suyos.

Sintió desgarrarse algo dentro de ella al contemplar sus manos unidas.

–Creía que no íbamos a… –empezó a decir ella mientras intentaba apartar la mano, pero él se lo impidió.

–¿A qué? ¿Que no íbamos a darnos la mano? Yo creía que íbamos a acostarnos juntos otra vez.

–No vamos a volver a acostarnos juntos.

–Entonces voy a seguir agarrándote la mano. Aquí nadie nos va a ver. Y será mejor que no protestes, tu mano se ajusta perfectamente a la mía.

Lexie no respondió ni puso objeciones. Sus manos se ajustaban, era lo más natural del mundo.

Cerró los ojos y apoyó la cabeza en el tronco del árbol. Había creído que los periódicos del día anterior habían sido malos para ellos, pero los de ese día eran peores.

–¿Qué tal la reunión con tu padre?

El día anterior, el príncipe Henri había visto copias adelantadas de los artículos del día presente. Había aparecido la noticia de la ruptura entre Adam y ella, aunque nadie sabía quién era la fuente de información. Pero ya no importaba porque, por Internet, se había empezado a especular que Rafe tenía algo que ver con la ruptura. Rafe le había dicho que su padre quería hablar con él y que le contaría lo menos posible. Ella, por supuesto, no sabía qué le había dicho.

—Me ha ordenado que me case contigo, es lo que hace siempre que algún escándalo me salpica. Creo que una boda real es lo que se necesita para arreglar las cosas.

—Ah —le dolió que Rafe se mostrara tan indiferente; que, de repente, ella se hubiera convertido en otro de sus escándalos—. ¿Y tú qué le has dicho?

—Que decido por mí mismo y que no permito que él decida por mí.

—Ah —era lo que había pensado que Rafe diría. Jamás se casaría con ella sólo por complacer a su padre.

—Adam se unió al sermón. Trata de protegerte.

—Lo siento.

—No lo sientas, lo merecías —¿lo merecía? ¿En pasado?—. ¿Has hablado con tu madre?

—Sí. Le he dicho que lo que dicen los periódicos no es totalmente infundado.

De repente habían salido fotos en los periódicos de ella y Rafe siempre que habían aparecido juntos en un acto público.

—¿Y cómo se lo ha tomado?

—Digamos que, pase lo que pase, uno de nuestros padres va a sufrir una amarga desilusión.

—Te ha pedido que no vuelvas a verme, ¿no es eso?

–Más o menos.

–¿Y qué le has dicho tú?

–Lo mismo que tú a tu padre, que soy lo suficientemente mayor para decidir por mí misma y para ver a quien quiera.

–Estupendo.

–Y luego le he dicho que volveré a casa el día después del bautizo. Podría irme antes, pero sería como escapar. Además, tanto Adam como tu padre me han pedido que me quede, aunque no sé por qué. Algo que ver con que la mejor defensa es un ataque, además de mencionar la dignidad y esas cosas. Me perdí en la conversación, pero les dije que me quedaría.

Rafe era la única persona que no le había pedido que se quedara.

Y ahora seguía sin pedírselo.

–Lo has pasado muy mal aquí, ¿verdad?

–No. Es sólo que…

–¿Has hecho algo que te gustara de verdad, a ti personalmente, por disfrutar?

–No era ése el propósito de mi visita.

Rafe sacudió la cabeza, se puso en pie y tiró de ella.

–Ven –dijo Rafe comenzando a caminar.

–¿Adónde?

–Si no podemos complacer a nuestras familias vamos a disgustarlas. Y esto dará a los de la prensa algo de qué hablar realmente.

–¿Qué quieres decir?

–¿Confías en mí, Lexie?

–No.

No sabía qué era lo que él quería hacer, pero estaba casi segura de que no iba a gustarle. Sin embargo, le siguió con el corazón lleno de excitación.

Rafe se echó a reír, volvió la cabeza y la besó en los labios.

–Una mujer sabia.

Cuarenta minutos después, Lexie estaba sentada junto a Rafe, sus hombros tocándose. Se abrochó el cinturón de seguridad.

–¿Lista?

–No –Lexie le agarró la mano.

–Una pena.

Los fotógrafos corrieron hacia ellos disparando sus cámaras mientras la montaña rusa del único parque temático de San Philippe comenzaba a cobrar velocidad.

Lexie logró no gritar hasta que su rostro quedó oculto a las cámaras.

Los fotógrafos seguían allí disparando cuando la montaña rusa paró. Lexie tenía el cabello revuelto y suelto.

A su madre le daría una apoplejía si la viera.

Los fotógrafos les siguieron, a cierta distancia, casi todo el día. Sacaron fotos de las cosas más mundanas: ellos paseando, hablando y riendo. Rafe le regaló un oso de peluche que ganó en el quiosco del tiro al blanco.

El único momento de intimidad que tuvieron fue cuando Rafe consiguió una mesa apartada en el café donde fueron a cenar. El propietario no permitió la entrada a nadie con cámara fotográfica.

Bailaron hasta altas horas de la madrugada en el club al que Rafe la llevó.

Cuando Lexie se acostó, sola, estaba agotada y feliz. Había sido el mejor día de su vida, a pesar del dolor que sentía de que todo estuviera llegando a su fin. Habían hablado del presente, pero no habían mencionado el futuro. Y ella sabía que era porque Rafe no se planteaba un futuro con nadie.

Capítulo Diez

Entre las risas y las charlas de los invitados al bautizo, Rafe tomó al bebé en sus brazos con desgana. Era el feliz padrino, Mark y Karen eran buenos amigos, pero no comprendía por qué la gente siempre esperaba que quisiera tener a sus hijos en los brazos. Aunque quizá los padrinos quisieran hacerlo. Lex tendría una opinión formada al respecto. Lex, a quien sí quería tener en los brazos, pero no podía hacerlo porque ella se marchaba al día siguiente para retomar su vida. Era lo mejor.

Habían disfrutado el día anterior, sin duda una equivocación a juzgar por la reacción de los medios de comunicación. Pero una equivocación de la que no se arrepentía. Le habría gustado que durase siempre.

Miró al niño que tenía en los brazos. En ese momento, alguien llamó a Karen y ésta se alejó, y él tuvo que contenerse para no gritarle que volviera.

–Si lloras ahora tu madre volverá por ti –le dijo Rafe al bebé, de cuyo nombre ya se había olvidado.

Las conversaciones continuaron a su alrededor mientras el bebé lo miraba.

–Tú tienes la culpa de que no esté en Viena ahora –le dijo al niño, y el niño sonrió–. O quizá en Argentina. Aunque, en realidad, también me he quedado por ella, pero no se lo digas a nadie.

Oyó la burbujeante y sensual risa de Lexie y, al volver la cabeza, la vio con Adam y con Karen. Iba con un vestido rojo de seda con tirantes que le sentaba muy bien… y a él lo excitaba. Por fin había dejado de ocultar su alegría y vivacidad con esa ropa elegante; ahora que ya no iba a casarse con su hermano no tenía sentido. Se iba a marchar.

Lexie lo sorprendió mirándola y agrandó los ojos al ver al niño en sus brazos. «Sí, Lexie», pensó él. «Sé tener a un niño en mis brazos, lo que pasa es que no lo hago voluntariamente». Y Lexie era la clase de mujer que querría tener niños y que sería una madre maravillosa. Por eso la dejaba marchar.

Buscó a Karen con la mirada, cansado de hacer de padrino y deseoso de devolver al bebé… e irse.

–Bueno, chico, ¿dónde está tu madre?

Pero ahora, para su sorpresa, el niño había cerrado los ojos y se había dormido. Sintió algo extraño y apretó al bebé ligeramente contra su cuerpo.

–Te has metido en un lío –oyó que decía una suave voz a su lado.

–¿Por? –le preguntó a Lexie, deseando devolver al niño para rodear a la mujer con sus brazos.

Sí, claro que se había metido en un lío.

–Tengo entendido que tienes por costumbre no dormir nunca con una mujer, supongo que tampoco quieres que nadie se duerma en tus brazos –dijo ella con voz queda.

–Siempre hay una primera vez para todo.

Lexie acarició suavemente la mejilla del bebé.

–¿Quieres tener hijos? –preguntó Rafe, aunque sabía la respuesta.

–Algún día. Todo el mundo quiere tener hijos –ella sonrió.

–No todo el mundo.

–¿Cómo lo del Everest?

–Exactamente.

–Pero tú no quieres tener hijos, ¿verdad? –preguntó ella mirándolo fijamente.

–Es algo en lo que no he pensado nunca –tuvo miedo de mirarla, podría llegar incluso a querer tener hijos–. ¿Quieres tenerlo tú en los brazos?

Si Lexie tomaba al bebé, dejaría de mirarlo. Y verla con un bebé en los brazos le impediría pensar en cosas en las que no debía pensar. No era posible que quisiera hacerle el amor a una mujer con un niño en los brazos, no estaría bien.

–Sí –contestó ella.

Rafe le pasó al bebé.

–No te gustan los niños, ¿verdad? –le preguntó Lexie sin mirarlo mientras estrechaba al bebé contra su cuerpo.

–No –respondió él, sintiendo un extraño vacío al dejar al bebé que se había quedado dormido en sus brazos.

–Serás un buen padre una vez que te permitas amar –declaró ella–. No tienes por qué tener miedo.

Naturalmente que sí.

No podía soportar seguir allí. Ver su esperanza y optimismo era una tortura.

Cuando Karen se aproximó, Rafe aprovechó para agarrar una copa de champán de la bandeja que un camarero estaba pasando. Vio a unos amigos que aún quedaban solteros y se acercó a ellos para charlar de polo o de algo igualmente inocuo, algo igualmente superficial.

Lexie apoyó las manos en la áspera piedra del dintel de la estrecha y alargada ventana. Aquella habitación se encontraba en lo alto de la torre sur del castillo. Rafe la había mencionado en una ocasión, resaltando sus vistas y su aislamiento. Después de recorrer innumerables pasillos y subir interminables escaleras curvas de piedra, por fin se daba cuenta de por qué casi nadie iba allí. Pero las vistas merecían la pena. El cielo estaba despejado, a pesar de que debía estar tan gris como su ánimo.

La estancia era como la había imaginado, un contraste de texturas y siglos con sofás de cuero hechos a medida para seguir los contornos curvos de las paredes y una alfombra en el centro del reducido espacio.

Había huido del bautizo y de la risa de Rafe charlando con sus amigos para refugiarse allí.

No sabía cuánto tiempo llevaba asomada a la ventana intentando no pensar en nada cuando, de repente, la pesada puerta se abrió a sus espaldas.

Lexie volvió la cabeza cuando el hombre en el que trataba de no pensar entró en la estancia. Rafe se detuvo; claramente no había esperado encontrarla allí.

–¿Ha terminado la fiesta? –preguntó ella.

–Todavía sigue –Rafe esbozó una media sonrisa–. Me he escapado. Me apetecía venir aquí un rato.

Lexie se apartó un paso de la ventana.

–Quédate. Yo ya me iba.

Pero cuando Rafe se le acercó ella se sintió incapaz de moverse.

–Esto es precioso.

–Sí –dijo Rafe mirándola fijamente.

Rafe se detuvo delante de ella y le acarició la mejilla con un dedo pulgar. ¿Había notado el rastro de las lágrimas?

–Me marcho –dijo ella, consciente de que nunca volvería a San Philippe.

La idea de no volver a ver a Rafe le resultaba casi insoportable.

–Lo sé.

Rafe bajó la cabeza y le dio un beso absolutamente tierno en la mejilla. Entonces la estrechó en sus brazos y ella absorbió la sensación de tener el cuerpo pegado al de él al tiempo que la imprimía en su mente.

Lexie ladeó la cabeza para mirarlo, para examinar su rostro. Él hizo lo mismo y después volvió a besarla, suave y dulcemente.

Pero lo que había empezado suavemente se transformó en algo apasionado y lleno de deseo. Respirando trabajosamente, Rafe levantó la cabeza.

–No deberíamos. Yo no debería.

Lexie tiró de él.

–No deberíamos, pero… En fin, voy a irme. ¿A quién podemos hacer daño ahora?

–Puede hacerte daño. Te mereces algo mejor. Te mereces a alguien que te cuide. Y si no puedes protegerte a ti misma de mí, tendré que hacerlo yo por ti.

–Me merezco esto. Después de lo que me has hecho pasar, me merezco esto.

Rafe comenzó a apartarse de ella.

Lexie se soltó el lazo de seda del pecho del vestido y éste se abrió.

–No te vayas –dijo ella.

–Es un golpe bajo, Lex –dijo Rafe inmóvil–. Ahora ya me resultaría imposible.

Rafe volvió a acercársele.

–¿Te había dicho que el rojo es mi color preferido? –Rafe la miró a los ojos mientras le deslizaba el vestido por los hombros antes de dejarlo caer a sus pies–. ¿Te das cuenta de lo que me estás haciendo?

–Espero que sea algo parecido a lo que me haces tú a mí.

Tembló cuando él la acarició lentamente antes

de desabrocharle el sujetador y quitárselo. Y jadeó cuando Rafe se agachó delante de ella y la besó en el centro de su cuerpo antes de bajarle las bragas.

Otro beso y otro jadeo. Siguió besándola en línea ascendente hasta el vientre, entre los pechos, el cuello…

Con los ojos clavados en él le desabrochó los botones. Rafe se quitó la camisa, los pantalones y los calzoncillos. Ninguna barrera.

De momento.

Él. Ella. Nada más.

Le acarició el cabello, pasó los dedos por las hebras bañadas por el sol, le acarició los hombros y los brazos hasta que sus manos se encontraron.

Sosteniéndole la mirada, Rafe le levantó las manos, se las llevó a los labios y las besó.

Y entonces le besó los labios con una ternura exquisita.

Lexie se movió. Cerró la distancia que los separaba hasta apretar los senos contra su pecho y el vientre contra su erección.

Rafe la estrechó contra sí, duramente, profundizando el beso al mismo tiempo, saboreándose mutuamente.

Besándose, llegaron al centro de la habitación y se arrodillaron en la alfombra.

Lexie le empujó hasta tumbarle y él tiró de ella consigo. Lexie se colocó encima de él a horcajadas y le introdujo en su cuerpo, deleitándose en la sensación de tenerle bajo su cuerpo, en su cuerpo.

Él era suyo.

De momento.

Rafe levantó los brazos y le acarició los pechos. Tiró de ella hacia delante para capturar un pezón con la boca. Le agarró las caderas para introducirse más profundamente, más duramente.

Lexie cabalgó sus embestiduras y él la condujo a un lugar de luces y sombras. Jadeando y gimiendo, Lexie abrió los ojos y los clavó en los de él, todo belleza y pasión. Y juntos gritaron.

Lexie cayó sobre él, sus cabellos cubriéndole el rostro, su cuerpo palpitando al mismo ritmo que el suyo.

Y Rafe la abrazó con fuerza.

En la oscuridad, Lexie se aferró a la mano de Rafe mientras recorrían las suavemente iluminadas dependencias del castillo. Habían hecho el amor una y otra vez en la habitación de la torre. Habían dormido. Y ahora, ya muy adentrada la noche, volvían a sus aposentos.

Rafe se detuvo delante de una puerta, la abrió y le indicó que entrara. La habitación, iluminada sólo por la luz de la luna, era un dormitorio. El dormitorio de Rafe.

Sin soltarle la mano, Rafe la condujo a la enorme cama.

–Deberíamos dormir.

–Sí.

Lexie no tenía idea de la hora que era, sólo sabía que era muy tarde o muy temprano. Pero le rodeó la cintura con los brazos y lo besó. Sólo le quedaba esa noche con él y no iba a desperdiciarla. Se tumbó en la cama y tiró de él hasta tumbarle encima.

Después de la alfombra y el sofá de la habitación de la torre, esa cama era toda una novedad. Espacio de sobra para moverse, reír y acariciarse.

Lexie se despertó con la luz del sol en un lado de su rostro y el pecho de Rafe calentándole la otra mejilla, sus brazos rodeándola. Al despertarse completamente, sintió la magia y la belleza de estar con él.

Volvió la cabeza y lo sorprendió mirándola. Se apartó de él ligeramente y se colocó de costado para verle mejor.

Rafe tenía el cabello revuelto, barba incipiente y esa sonrisa sensual… Pero fue el temor que vio en sus ojos lo que rompió la frágil magia de aquella mañana, lo que acabó con su felicidad.

Y en ese instante se dio cuenta de que no debería haber ido a esa habitación, no debería haber dormido con él para no tener que despertar juntos. Los recuerdos de la noche iban a acabar así.

Se marchaba ese día y sabía que Rafe no podía, no iba a ofrecerle un futuro juntos. Y, sin embargo, ahí seguía, esperando precisamente eso, un futuro con Rafe.

No era el hombre de sus sueños, sino el hombre de su realidad. El hombre que la comprendía, el hombre que le hacía reír, el hombre al que deseaba.

Había querido hacer el amor con él, pero no había querido enamorarse de él. No, eso no. Pero ahora, mientras lo miraba, comprendía que se había enamorado. La respuesta a esa pregunta que él temía era sí. Sí, quería casarse con él; sí, quería tener hijos con él. Y, sobre todo, quería que Rafe la amase. Pero no, no quería atarlo.

–Lexie –la voz de Rafe tenía una ronquera muy sensual por la mañana.

Ella le rozó los labios con un dedo.

–No digas nada. No quiero remordimientos ni disculpas y no soportaría falsas promesas. Me voy hoy, los dos lo sabíamos. Así que no digas nada, a menos que sea para decirme «vamos a hacer el amor otra vez».

Lexie notó su vacilación incluso cuando él alzó una mano para acariciarle el cabello. Le vio abrir los labios, pero ninguna palabra escapó de su garganta.

Lexie se levantó de la cama.

Rafe no hizo nada por impedírselo.

En la puerta del cuarto de baño, ella se volvió e intentó sonreír. Rindiéndose, se tragó el nudo que tenía en la garganta.

–Ha sido una noche perfecta. Gracias.

Capítulo Once

Rafe estaba de pie en el último escalón de la entrada principal del palacio. Con la típica flema Marconi, su hermano, su hermana y su padre se encontraban alrededor de Lexie. Ella abrazó a todos y luego lo miró. Bajó el peldaño. Ni el protocolo ni la experiencia le habían preparado para despedirse de una mujer como Lexie.

Hacía sólo unas horas que ella había estado en su cama. Le había costado un esfuerzo insoportable no rogarle que se quedara, en su cama y en su vida. Pero había destrozado los sueños de ella, Lexie se merecía lograr su cuento de hadas. A pesar de su título, él no era el príncipe azul de los cuentos y no lo sería nunca.

Lexie se le acercó. Pálida, fuerte y la mujer más bella que había conocido. Poseía una belleza profunda, especial, única. Sin poder contenerse, le acarició el pelo y la mandíbula, tratando de imprimir esa imagen en su mente. Y se abrazaron.

Fue Lexie quien rompió el contacto y se apartó de él. Durante unos instantes vio en los ojos de ella una pregunta y un atisbo de esperanza, lo mismo que había visto en esos ojos al despertarse.

Entonces, Lexie sonrió tristemente.

–No era mi intención entristecerte, Lex –dijo Rafe con voz queda–. Si pudiera borrar la noche anterior, por ti, lo haría. Deberíamos haber acabado hace dos días. Eso era lo que quería ofrecerte.

La sonrisa de ella se hizo aún más triste.

–Yo no lo haría. El día fue perfecto, pero la noche ha sido aún mejor.

–Encontrarás a un buen hombre, un hombre que te merezca, un hombre como debería ser. Mejor que Adam y mejor que yo.

–Lo único que necesito es que me ame.

–Sería un idiota si no lo hiciera.

–De eso hay mucho.

Lexie se metió en el coche que la estaba esperando y él, al verla alejarse, sintió como si una parte de sí mismo lo abandonara.

Joseph, el jefe de seguridad, la acompañó hasta la escalerilla del avión. Sabía que era un acto de cortesía, pero tuvo la sensación de que era como si quisiera asegurarse de que se marchaba de verdad, que aquello era el fin de los problemas que había causado.

Lexie también quería que todo acabara, aunque sabía que el dolor y el sufrimiento acababan sólo de empezar.

En el avión, se sentó en uno de los sofás color crema y se abrochó el cinturón. Había elegido ese sofá porque estaba de espaldas a la ventanilla, y cerró los ojos y esperó. Por fin, el avión empezó a tomar velocidad y ella evitó lanzar una última mirada a San Philippe cuando se encontraron ya en el aire.

Había imaginado que lloraría, pero tenía los ojos secos. Solamente sentía un gran vacío.

Oyó un ruido en la cabina. Sería la azafata. Ojalá la dejara en paz.

—Estoy bien, gracias —dijo Lexie adelantándose a la azafata—. No necesito nada.

—¿Ni a nadie? —le preguntó una voz dolorosamente familiar.

Abrió los ojos y absorbió la imagen de Rafe sonriéndole antes de sentarse en el sofá junto al de ella.

—¿Qué haces aquí? ¿Cómo has podido llegar?

Rafe le tomó la mano y la apretó.

—La segunda pregunta es fácil de contestar, en moto. Os adelanté justo cuando estabais llegando al aeropuerto.

—¿Y la primera pregunta? —se aferró a la mano de él. Todo dependía de la contestación de Rafe. Estaba llena de esperanzas, pero no era la primera vez que se veían truncadas.

—En primer lugar, no soy un idiota; en segundo lugar, no soy un mártir.

—¿Y?

—Te he dicho que sólo un idiota no te amaría. Y yo no soy un idiota… porque te amo. No sé cuándo y cómo ha ocurrido. Te deseaba casi desde el principio, desde que te vi bailando en el club; pero eso es normal, no era la primera vez que deseaba a una mujer, así que no le di importancia –Rafe lanzó una seca carcajada–. Pero el deseo se hizo más y más fuerte y se convirtió en algo que ni siquiera sabía que existiera: amor. Y el amor es algo que escapa a mi control. No sé cómo ha ocurrido, pero creo que sí sé qué hacer al respecto.

Rafe le acarició el cabello con reverencia.

La azafata apareció en ese momento y, tras lanzarles una mirada, volvió a marcharse.

–No quería que pasara, Lex, pero ha pasado. Hasta hace media hora, creía que lo que debía hacer era dejarte marchar, lo que me hizo recordar que no soy un mártir. No estoy dispuesto a sacrificar mi felicidad mientras tú buscas a alguien digno de ti. Quiero ser el hombre con el que te despiertes por las mañanas, aunque sé que no soy tu príncipe azul.

Lexie abrió la boca para protestar, pero él la silenció sellándole los labios con un dedo.

–Deja que acabe, Lex. Decir esto no me resulta fácil, pero tengo que decirlo, es necesario que lo oigas –ella asintió–. Sé que no soy el hombre a quien querías amar y sé que hay mejores hombres que yo, pero no puedo permitir que te posean; al menos, sin ofrecerme primero. Quiero casarme contigo, ser tuyo y que tú seas mía. Quiero todas las cosas que creía que no querría nunca. Tú me has cambiado, para mejor. Pero ha sido la idea de perderte lo que me ha hecho darme cuenta.

Rafe la miró fijamente. Entonces, con un rápido movimiento, le cubrió los labios y la besó. Y ella se aferró a él, lo besó, lo saboreó, se deleitó.

Rafe interrumpió el beso demasiado pronto, apoyando la frente en la de ella. Le puso las manos en la mandíbula y luego le acarició el cabello. Y ella le dejó mientras respiraba su aroma. Su debilidad por él era absoluta.

Rafe le tomó las manos, envolviéndoselas con las suyas.

—Di que me aceptas.

Lexie estaba desesperada por decirle que sí, pero no podía todavía.

—Rafe... creo que no lo has pensado bien. Has llegado a decirme que querías protegerme de ti mismo, pero eres tú quien necesita protegerse de mí. Piensa en tu padre y en tu país, piensa en lo que van a decir los medios de comunicación.

—La única opinión que me importa es la tuya. Y, por si no te has dado cuenta, sigo esperando el sí.

—Pero a mí sí me importa lo que digan de ti. Te van a crucificar.

—No sólo a mí, sino a ti también —Rafe sonrió—, pero no por mucho tiempo. Y, al menos, estaremos juntos, lo pasaremos juntos. Confía en mí, tengo práctica. Además, no has visto los periódicos de esta mañana, ¿verdad?

—No, ya no podía soportarlo.

—Las noticias no son tan malas. Algunos han resaltado el hecho de que mi padre diera permiso a su hijo para casarse con Alexia Wyndham Jones, pero no llegó a decir a qué hijo se refería. Así que eso junto con las fotos de nosotros juntos… en fin, están especulando sobre si era lo que mi padre se proponía desde el principio. Están reescribiendo la historia y a mi padre le va a encantar.

–No es posible que supiera que nos estábamos enamorando.

–¿Así que me quieres? –Rafe la miró fijamente.

Lexie ya no podía contenerse.

–Con todo mi corazón.

–¿Te importaría que no tuviéramos una boda real con toda pompa y esplendor?

–No, no me importa en absoluto.

Lexie aún estaba tratando de asimilar la situación. Rafe la amaba y quería despertarse con ella por las mañanas.

–Estupendo –Rafe sonrió–, porque mi padre no es el único que se sale con la suya. Lo tengo todo planeado. El piloto ya ha cambiado el curso del vuelo, nos vamos a Las Vegas y nos vamos a casar ahí hoy mismo. Eso dará a la prensa de qué hablar. Nos convertiremos en los rebeldes de la familia real de San Philippe. Por supuesto, vamos a caer muy bajo casándonos de incógnito, pero ya se pasará. Y tan pronto como tengamos hijos, todo el mundo será feliz, pero sobre todo yo. Nos perdonarán y se olvidarán de lo que hemos hecho.

Rafe se llevó la mano de ella a los labios antes de añadir:

–Lex, eres parte de mí, la mejor parte de mí –una infinita ternura iluminó sus ojos–. Alexia Wyndham Jones, Lexie, mi Lexie, te amo. Eres mi Everest, mi todo.

Por fin, por fin, Rafe la besó de nuevo y, a pesar de que él lo negara, Lexie sabía que era su príncipe azul.

Deseo™

No sólo negocios

SARA ORWIG

Noah Brand la había comprado, en cuerpo y alma. La subasta benéfica le había dado la oportunidad perfecta para hacer que Faith Cabrera cayera rendida a sus pies. Durante un día… y una noche, la tendría a su merced, y estaba seguro de que eso sería un auténtico placer para los dos.

Pero Faith sabía que una noche de pasión no llevaba a una vida de felicidad, y no estaba dispuesta a dejar que el implacable magnate se apoderara de la empresa de su familia.

La apuesta más alta

Acepte 2 de nuestras mejores novelas de amor GRATIS

¡Y reciba un regalo sorpresa!

Oferta especial de tiempo limitado

Rellene el cupón y envíelo a
Harlequin Reader Service®
3010 Walden Ave.
P.O. Box 1867
Buffalo, N.Y. 14240-1867

¡Sí! Por favor, envíenme 2 novelas de amor de Harlequin (1 Bianca® y 1 Deseo®) gratis, más el regalo sorpresa. Luego remítanme 4 novelas nuevas todos los meses, las cuales recibiré mucho antes de que aparezcan en librerías, y factúrenme al bajo precio de $3,24 cada una, más $0,25 por envío e impuesto de ventas, si corresponde*. Este es el precio total, y es un ahorro de casi el 20% sobre el precio de portada. !Una oferta excelente! Entiendo que el hecho de aceptar estos libros y el regalo no me obliga en forma alguna a la compra de libros adicionales. Y también que puedo devolver cualquier envío y cancelar en cualquier momento. Aún si decido no comprar ningún otro libro de Harlequin, los 2 libros gratis y el regalo sorpresa son míos para siempre.

416 LBN DU7N

Nombre y apellido	(Por favor, letra de molde)	
Dirección	Apartamento No.	
Ciudad	Estado	Zona postal

Esta oferta se limita a un pedido por hogar y no está disponible para los subscriptores actuales de Deseo® y Bianca®.
*Los términos y precios quedan sujetos a cambios sin aviso previo.
Impuestos de ventas aplican en N.Y.

SPN-03   ©2003 Harlequin Enterprises Limited

Bianca™

Él no puede ofrecerle su corazón

El millonario hecho a sí mismo Zephyr Nikos ha recorrido un largo camino para salir de la pobreza, pero su corazón es de piedra. No puede ofrecerle a Piper Madison su amor, sólo su mundo: comidas caras, avión privado, relaciones con los ricos y poderosos...

Aunque su deseo crece hasta límites peligrosos, Zephyr y Piper tienen que poner fin a su aventura antes de que alguno de los dos sufra. Sólo que hay una pequeña complicación... ¡la prueba de embarazo de Piper ha dado positivo!

Una isla para la seducción

Lucy Monroe

Deseo™

Sin compromisos

MAUREEN CHILD

Después de años dedicado a arriesgar
su vida en servicio, el ex marine Jericho
King sólo deseaba la soledad de su
casa en las montañas y algún romance
sin ataduras. Pero cuando Daisy Saxon
apareció, sus planes cambiaron totalmente, ya que en una ocasión había
prometido que la ayudaría si alguna
vez lo necesitaba.

Estaba dispuesto a darle un empleo y
un hogar, sin sucumbir a sus deseos.
Pero lo que sorprendió al lobo solitario fue enterarse de que el verdadero
objetivo de Daisy era quedarse emba-
razada de él.

¡Ella quería un hijo suyo!

[15]